ヌれ手にアワ

藤谷 治

祥伝社文庫

ヌれ手にアワ

nurete-ni-awa
contents

もくじ

――濡れ手に粟の立つごとく、我が心にも欲ぞ沸く。

ポール・ヴェルレーヌ（嘘）

一、お年寄りには親切にしましょう

渋谷駅《しぶや》周辺はとんでもないことになっていた。

人間が多い。多すぎる。渋谷駅のまわりなんて、いつだって人だらけじゃないかと思われるかもしれないが、この日このとき、つまり五月のある月曜日の午前十時三十分ころの渋谷は、無数の人間で埋め尽くされていた。「渋谷に人がたくさんいる」というより、「人間の隙間《すきま》にところどころ渋谷がまぶしてある」といったほうがいいくらいだった。

田町《たまち》駅近くを走っていたトラックが段ボール箱を道路に落とし、その真後ろを走っていた家畜運搬車がそれを踏み、振動で荷台の掛け金が外れて、積んでいた鹿児島《かごしま》の闘牛十五頭が逃げ出したのだ。品川《しながわ》プリンスホテルで開催予定の「しながわ闘牛まつり」に出演予定だった平均体重五百二十キロの闘牛たちは、車道で自動車をぺしゃんこにしたりガードレールを捻《ね》じ曲げたりして暴れまくった挙句《あげく》、フェンスを突き倒して線路に侵入し、事故から一時間たった現在も逃走中である。このためJRは山手《やまのて》線内回り外回り、京浜東北《けいひんとうほく》線、東海道線《とうかいどう》、横須賀線《よこすか》、それに東海道新幹線が上下線とも全線運転を見合わせているのだった。

かかるがゆえに、渋谷駅のまわりに何千何万という人間がひしめいているのも無理はないのであった。週の初めの忙しいこの時間に、まさか渋谷で山手線がぴくりとも動かないとは誰も思わないから、あっちからもこっちからもばんばん人が集まってくる。そして事態を把握《はあく》してあきれ果て、何とかして渋谷を出ようとする。私鉄を駆使《くし》して行けるところに目的地があればいいけれど、なければバスやタクシーをつかまえるしかない。南口のバスターミナルはそんな人たちでごった返していた。どいつもこいつも仏頂面《ぶっちょうづら》で、汗びっしょりになって、いつ自分の順番が来るとも知れぬ行列に並び、東京中の人間がいっせいに使っているためにつながりにくくなった携帯電話を握《にぎ》り締《し》め、世界に冠たる日本人の忍耐強さでもって、いつまでも立ち続けていた。

そんな中、イラ立ちや喧騒《けんそう》どころか、周囲に人間がいるとも気がついていないみたいに、一人のおじいさんが悠揚《ゆうよう》たるたたずまいで、杖《つえ》に支えられてモヤイ像の前に立っていた。

この暑いのに、クリーム色の開襟《かいきん》シャツの上にモス・グリーンのジャケットを着て、グレーのスラックスにはしっかりと折り目がついている。頭の上には大きめの、白い中折れ帽を載せている。そんな格好の上に、大きな黒い鞄《かばん》をたすきがけにして、杖は流木でも拾ってきたような、ぐねぐねと曲がった白木だった。

杖より、杖が支えている身体の方が細いんじゃないかというくらいの痩身《そうしん》に、やけに細長いシワだらけの顔。そしてその顔の鼻から下は、見事というより神秘的なほど生《お》い茂《しげ》った、真っ白なヒゲで覆《おお》われていた。

モヤイ像は渋谷駅の南口で、東急東横《とうよこ》店の南館を、ほんとにそれでいいのか？　とでもいいたげな顔で見上げている。その真裏にもうひとつ顔があって、こちらは明らかに、すぐそばの喫煙所の煙に辟易《へきえき》している。じいさんは見上げている側の顔の前にいた。石像は花壇《かだん》に囲まれており、花壇には円形の柵がめぐっている。その柵には立ち疲れた男女が尻のバランスを取りながら、びっしりと腰を下ろしていたが、おじいさんはそんな男女も目に入らない様子だったし、座っている人たちも別に、年寄りを座らせてあげようとは思っていないみたいだった。

おじいさんがいつから、どれくらいのあいだモヤイ像をそうやって眺《なが》めていたか、気がついた人もいなかった。最初は杖をつきながらもしっかりとした姿勢で、口元に微笑を浮かべながら立っていたおじいさんの表情が、少しずつ蒼《あお》ざめて、中折れ帽の下からたらたらと汗を流し始めたのに気を留めた人もいなかった。「ふう……」というため息のような声が、おじいさんの口元から漏《も》れたのを、聞いた人もいなかった。

だからおじいさんがふらっとして、杖を倒して自分も地面に崩《くず》れ落ちかけたときには、周囲の人はみんな、ちょっとだけ驚いた。

「おっとっとっとっとい！」

柵に腰を下ろしていた、二十代のがっしりした体格の男が飛び出してきて、倒れようとしているおじいさんの身体を、すんでのところで抱きとめた。

「じいさん、大丈夫かい？」男はおじいさんに呼びかけた。「具合悪いのか。救急車呼ぶかい？」

おじいさんは男に左手でしがみつきながらも、右手を振ってうっすらと笑った。

若い男はおじいさんの黒い鞄を持ってやり、自分が座っていた柵にさっと持っていたフリーペーパーを敷《し》いて、その上におじいさんを座らせた。

「汗びっしょりじゃないか、じいさんよう」

若い男はそういうと、おじいさんの中折れ帽を拾って、ハゲてはいないが相当薄い頭をあおいでやった。それからいきなり、隣に座って二人をチラ見していた茶髪のギャルに手を伸ばすと、ギャルが持っていたペットボトルの水をさっと掠《かす》め取っておじいさんに渡した。

「ほれ、これ飲みな」

「ちょっと何すんのよ！」

ギャルが激怒して男を睨《にら》みつけると、男は平然と、

「なんだ？　あんた、このじいさんより喉《のど》かわいてんのか？」

といった。

男は凄《すご》んで睨みをきかせたつもりはなかったんだけど、ギャルは驚いて、次にふくれっ面をして、黙りこくってしまった。

じいさんは男から受け取った水をおいしそうにひと口、ふた口飲んだ。

「ああ……」おじいさんは、意外と張りのある響《ひび》きでいった。「ありがとう」

「いいんだよ、こんなもん」若い男は答えた。

「こんなもんて、それあたしんじゃないの」ギャルが目をむいてそういったのを、若い男は受け流した。

「こう暑くって人が多いんじゃあなあ」男はおじいさんにいった。「誰だってぶっ倒れちゃうよ。無理ない無理ない」

「東京は、もっと涼しいかと思ってたよ……」

おじいさんは、男に微笑みかけた。

「島はこんなに暑くはならないもんなあ……」

「そうかい」若い男はおじいさんの呟《つぶや》きに、適当な相槌《あいづち》を打って、「まー、こんなに人間が多勢集まってトグロ巻いてちゃあ、誰だってぶっ倒れちゃうよなあ」

おじいさんは男の図々《ずうずう》しい物のいいようを、蒼い顔に微笑を浮かべながら聞き、その大《おお》雑把《ざっぱ》な顔面を少しのあいだ眺めていたが、やがてちょっと顔を近づけると、

「お前、東京に出てきて、ずいぶん立派になったなあ」

といった。

若い男は、ちょっと絶句して、おじいさんの顔をまじまじと見た。それから、

「いや俺、生まれたときから東京だけど……？」

と、やや声を小さくしていった。

おじいさんには聞こえなかったみたいで、

「どうだ、東京はきついだろう」

と、言葉を続けた。

「きついね」男は苦笑して答えた。だってしょうがないから。「俺、先週、会社クビになっちゃってよ」

「何」

おじいさんの目が据《す》わった。

「与太郎《よたろう》。お前、トクマル冷蔵《れいぞう》をクビになったのか」

「俺そんな会社に勤めてたんじゃないよ。それに俺、与太郎なんて名前じゃないし。惜しいけど」

「誰がお前をクビにしたんだ。まさかトクマルの奴じゃないだろうな！」

「いや、だからね」

「とと、トクマルの奴！」

おじいさんはさっきまで蒼かった顔を真っ赤にして立ち上がった。

「俺の研究を馬鹿にするだけ馬鹿にして、そのくせ俺の金をさんざん無駄遣いしたあげく、今度は俺の大事な孫を、くっ、クビにしおったか！」

おじいさんは渋谷じゅうに響き渡るような声で叫んだ。

「与太郎！」

そしてふたたび倒れた。

「じいさん！」

男は真正面にいたから、さっきよりもまともにおじいさんの体重を受け止めた。そして

ギャルに向かって、

「おい、救急車呼べ！」

「あんたが呼べばいーじゃん」

「俺が電話できるように見えんのか？」

ギャルはその声と眼力に、またしても圧倒された。慌《あわ》ててスワロだらけのデコ電を取り出し、119に電話した。

おじいさんは若い男の腕の中で、弱々しく目を開いた。それを男とギャルのほかに、たまたま近くにいた三人の中年男女が取り囲んで、見下ろしていた。もちろんその外側には、好奇心いっぱいの野次馬たちが様子をうかがっていたが、おじいさんの言葉が聞こえたのは、その五人だけだった。

「与太郎……」おじいさんは、か細い声でいった。「あんな会社を辞めたからって、心配することはないぞ……おじいちゃんがついてる……」

「俺は与太郎じゃないってば」

と、男はいいかけ、それからおじいさんの顔を見て、考えを変えた。

「そうだね」男はおじいさんに呼びかけた。「おじいちゃんがついてるから、俺は安心だよ」

若い男は、もうこのじいさんは駄目かもしれない、と思ったのだ。そんなら、じいさんの思っている通りに、今だけ俺が孫になってやろう。それで気持ちよくあの世に行けるんなら。

「そうだ……」おじいさんは弱々しい微笑を浮かべた。「おじいちゃんを信じてるのは、お前だけだよ……島じゃ、ずっと一緒だったもんなあ」

「うん、うん」若い男は、あんまり喋《しゃべ》るとボロが出るから、頷《うなず》くだけにしておこうと思った。「一緒だった一緒だった」

「お前、憶《おぼ》えているか……二十年前に……この」

と、おじいさんは、モヤイ像を指さして、

「これと同じ、コーガで……おじいちゃんが、釜《かま》の下《した》に……観音《かんのん》様を作って、建てただろう……？」

「憶えてる、憶えてる」男はいった。「憶えてるからさ、もうあんま喋んなよ。くたびれっからよ」

「あの……観音様の……下にな……」おじいさんは喋り続けた。「おじいちゃんは……凄いものを、隠したんだ……。あれを、お前にやろう……」

「そうかい」男はそういってから、ギャルを睨んだ。「おい、遅いじゃないか救急車！」

「知るかっつーの」ギャルはいった。「すぐ行きますっていってたよ。それ以上こっちに何できるっての」

「あれさえ、あれば……」おじいさんはいった。「お前は、ひと財産も、ふた財産も作れるぞ……金のなる木だ、あれは……」

「そいつは豪勢だね」男は答えた。「じゃ、今月は家賃の心配はいらねえや」

「そんなもんじゃない……」おじいさんの声は、小さいがしっかりしていた。「あれさえあれば、お前は、世界一の金持ちになれる……何億にも、何十億にもなる……世界中、どこにだって行けるんだ……お前、信じるか……？」

「信じるともさ！」若い男はつとめて明るく答えた。「おじいちゃん、俺を金持ちにしてくれて、ありがとうな！」

「いいんだよ……」おじいさんは満足そうだった。「いいんだ……」

おじいさんは微笑したまま、静かに眼を閉じた。

「じいさん、おい、じいさんよう！」

男が揺り動かしても、おじいさんの身体はそれに合わせてぶらぶらするだけだった。

そこへけたたましいサイレンを鳴らし、バスやクルマをかきわけて救急車が到着した。

「はいはいはいはいはいはいはい」

救急車が南口ロータリーに停まると、中から白衣を着て、ヘルメットをかぶった男が二人飛び出してきた。

「どいてどいてどいてどいて。病人はどこですか病人は。患者患者患者患者。どこどこどこどこ」

「ここだ！」

男が叫びながら手を振ると、救急隊員たちはそっちへ駆けつけた。

「通報者通報者。通報された方は誰ですか通報された方は」

ギャルは、ちらっと男を見てから、おずおずと手を上げた。

「近親者の方ですかあなた。あなた近親者。知り合いですか知ってる人ですかこの人は」

「知らないっすよ」ギャルはふてくされたように答えた。「こんなジイサン知らねえし。たまたまここにいただけだし」

「近親者の方おられますかこの方の近親者。どなたかこの人をご存知の方おられますかご存知の」

誰も答えなかった。三人の中年男女は、顔をそむけて関心のないフリさえした。

「あなたあなたあなた」救急隊員は、さっきまでおじいさんを抱えていた男に向かっていった。「状況教えてください状況。どんな状況でしたか状況状況状況。早く早く早く早く。早く教えて状況」

「状況も何も」男は答えた。「このじいさん、さっきからここに立ってたんだけど、フラッとしたから、ここに座らせてやったら、また立ち上がって、でまた倒れちゃってよ」

「じゃ無言のまま倒れたと無言で」

「いや、うわごとみたいなこと喋ってたけど」

「譫妄《せんもう》状態ですか譫妄状態」

「なんだか知らねえけど、とにかく意味の通らないこと喋ってたんだよ」

「あーこれ」

おじいさんの様子を見ていたもう一人の救急隊員が口を開いた。

「あーこれ良くない。すぐ連れて行かないとまずい」

「状況状況。状況はどんななの状況は。ヴァイタル・サインはあるのないのそれともあるの」

「難しいこといわれたって」救急隊員は泣きそうな顔でいった。「俺バイトだし」

「なんでまずいって判るのなんでなんでまずいってなんで」

「だって動かねえもん」

「わたたたたたた。それは確かにまずいね確かにねそれはね」

そして二人の救急隊員は、おじいさんを肩にかついで救急車に運び入れ、しばらく中で何か処置をしていたようだったが、やがてまたサイレンを鳴らして走り去った。

後には、偶然そこに居合わせたというだけの、五人の男女が残された。


おじいさんが見も知らない男を自分の孫だと思いこんで、「世界一の金持ち」になれるような、何か凄いものを、どこかの観音様の下に埋めた、なんていう話を、この時点で鵜《う》呑《の》みにした人間は、五人のうち一人もいなかった。あたりまえだ。

とりわけ、若い男とギャル以外の中年三人――シャレた洋服で身を包んだ、その割には地味な顔立ちのひと組の夫婦と、脂《あぶら》ぎった顔の、太った男一人――は、できることなら面倒なことには関わりたくないといった面持《おもも》ちで、すぐにまた今まで自分たちの並んでいた行列に、会話を交わすでもなく戻った。

「ちょっと」ギャルだけが男につっかかっていった。「あちしの水」

「あ?」

「あじゃないいっつーの。あんた、あのじいさんにあちしの水、あげちゃったじゃん。あちし水盗られたじゃん。どうしてくれんの。こっちゃマジあちーよ、死に暑だよ。弁償してよ」

「そうか。悪かったな」男はにっこり笑って謝った。「今、新しいの買ってきてやるよ」

「買ってくりゃいいってもんじゃねえっしょ」ギャルは口を曲げていった。「弁償しろっってんの」そして男の前に左手を出してぶらぶらさせた。

「なんだよ」男はいった。「なんだよその手は」

「弁償」

「弁償ってなんだよ。水買ってくりゃ、それでいいだろが」

「弁償つったら金だろフツー」

男はそんなギャルの顔を、二秒ほど見つめてから、吹き出した。

「あんたなあ。そんな可愛い顔して、可愛い洋服着て、けち臭いインネン吹っかけたって
似合わないよ？　だいたい水一杯でいくら吹っかけようとしてるんだよ」

「一万円」

「アッハッハッハッハ！」男は朗《ほが》らかに高笑いした。「かっこ悪いな、お前！　水と一緒
にアメ買ってやるから、それ持って帰れ。な？」

「ざけんなよテメエ」ギャルは懸命にドスのきいた声を出した。「恐い人呼ぶよ」

「おい、おい」男はため息をついた。「似合ってないよあんた。そもそもねえ……」

ギャルは腕を振り上げるようにしてデコ電を耳にあてた。

「あ、ヨッチィ？　あちし。アノネ、あちし今渋谷にいるんだけどネ、チョーむかつく奴にカラまれて泣きそうなんだわあ。だからヨッチィちょっと来て話つけてくんない？……えーまじでー？　仕事あっから出られないってマジ引くんですけど。はーん。ヨッチィってそうなんだ。あちしより仕事大事なんだ。あ、あ、見たわ。ヨッチィの本性見たあちし。今初めて見た。あちしショック。超ショック。立ち直れないかもしんない。人間信じらんなくなるかもしんない超トラウマなるかもしんない。あちしヨッチィの愛、信じてたのに。ヨッチィの愛だけが生きる希望だったのに。もー駄目だ。ってか終わった。世界、終わった。……いいよ来なくて。あちしこれから目の前にいる男にレイプされて妊娠して中絶してリスカして死ぬから。いい、いい、いい来なくて。ってかウザい。ヨッチィ超ウザい。がっかりだよガッカリ。じゃね」

ギャルが電話を切ると、目の前で腹を抱《かか》えて笑っている若い男と目が合った。

「下手だネエ、男を釣《つ》るの」

「馬ッ鹿じゃねえの？」ギャルは勝ち誇《ほこ》ったようにいった。「ああいっといて、来るように仕向けたんだよ」

「来るに決まってるじゃねえか」男はいった。「そりゃ来るよ。今の男、馬鹿だもんな。お前に夢中だし。仕事ほっぽらかして来させるために、わざと来なくていいっていったんだろ？　それが下手だってんだ。男を釣り上げるのにそんな程度のワザしかねえんじゃ、ろくな男は相手にできねえってんだ。芝居も下手だしよ」

「何様？」ギャルは怒りのあまり口ごもりながら、ようやくそれだけいった。「あちし、人から馬鹿にされるの、一番ムカつくんですけど」

「あちゃち、人から馬鹿にしゃれるの、一番ムカちゅくんでしゅけど」男は下唇を突き出して、ギャルの物言いを真似《まね》した。「人にペットボトルの水とられて弁償一万円なんて、小学二年生みてえなこといってる女が、どうやったら馬鹿にされずにすんでんのか、俺はちょっと興味あるね」

と、心底頭に来ているギャルと、憂《う》さ晴らしにこのギャルとしばらくヒマッブシでもしようかと思ってる若い男の間を、二人の男がすっと通り過ぎた。一人は五十がらみの中年、もう一人は二十代の口を半開きにした青年。どちらも作業服を着ている。

作業服の二人は、男とギャルの口論なんか耳にもいれず、そのままモヤイ像の反対側へ、人間たちのあいだをぬって歩いていった。

おじいさんの話を耳にした男の一人、脂ぎった中年は、タクシーの行列に戻ると、すぐに携帯電話を握り締めた。

「ヤマザキ先生の事務所でいらっしゃいますか。剣菱《けんびし》でございます。あのですね、ただいま渋谷まで到着したんでございますが、どうも電車がですね、現在止まってしまっておるようでして、お約束の時間にちょっと遅れてしまいそうなんですよ。できましたらその旨《むね》、先生の方にですね……。いや、あの、そういうわけではございません。決して先生とのお約束をおろそかにするつもりではありませんので。……はい、はい、重々承知いたしております。先生のご多忙なスケジュールの合間にですね、わざわざお時間をいただいたわけですから、もちろんすぐに馳《は》せ参じますけれども、なにしろ電車がですね……いえ、必ず言い訳をするつもりは毛頭ございません。できる限りお約束の時間通りに……いえ、必ずお時間どおりに参りますので。はい。はい。ごめんくださいませ……」

電話を切ったとき、剣菱と名乗ったその脂ぎった男は、さっきまで流していた脂汗を引っこめて、今度は冷や汗をかいていた。

「お約束の時間」は十一時だった。もうあと十分ほどしかない。そして「ヤマザキ先生の事務所」は目白《めじろ》にあった。山手線さえ通じていれば、十五分もあれば行けるところだ。そして彼はもう、一時間近くも渋谷でぐずぐずしているのだった。ぐずぐずしていたかったわけではもちろんない。剣菱は頭に血が上っていた。自分の目的——ヤマザキ先生の事務所に十一時までに行くというような、目先の目的ではなく、最終到達目的——を大事にしていなければ、彼はやみくもに周囲の人間をかきわけ、順番もへったくれも無視して、今来たタクシーに無理やり乗りこんで、目白に向かっていただろう。それをしないでお行儀よく列に並んでいるのは、彼にとっては地獄の苦しみだった。

そんな彼の前を、作業服を着た二人の男が、またすり抜けていった。これで二度目だった。

「あなた」

おじいさんの話を聞いた残りの二人、中年の夫婦は、剣菱の真後ろでタクシーを待ちながら、ずっと黙りこくっていたが、やがて妻の方が口を開いた。

「なんだいグレース」

夫が答えた。妻はどこからどう見ても日本人で、実際にはトメ子という名前なのだが、トメ子ではセレブらしくないというので、夫に自分をグレースと呼んだらどう？　と提案し、夫も同意したのだった。ちなみに二人でいるときは、トメ子は、じゃなかったグレースは、夫をフィリップと呼んでいた。フィリップの本名は米山権六《よねやまごんろく》だった。

「あなた、さっきのみすぼらしい老人のことを、お考えになっていらっしゃるのね」

「いや」

「嘘」グレースは鋭くいった。「お鼻を見ていれば判るわ」

「私の鼻がどうした」

「ぴくぴくしていらっしゃる」

「馬鹿をいえ」

フィリップは笑い飛ばそうとしたが、うまくいかなかった。図星《ずぼし》だったからだ。

「世界一のお金持ちになれるような、素晴らしい何かを隠しているんですってね」

「バカバカしい。あのような貧乏くさい老人が、なんでそんなものを持っているものか」

「まったくですわね」

それでしばらく会話はとまった。しかし妻が再び、

「凄いものを隠したっていってましたけど、どんなものなんでしょう」

「どうせろくなものじゃないだろう。老人のたわごとだよ。真に受けるような話じゃない」

「だけど、観音様とか、二十年前とか、ひどく具体的なところもありましたわ」

「妄想だね。ああいう老人は珍しくない。自分がこの世に、何か立派なものを遺《のこ》したと思いたいんだな。実は自分は高貴な家柄の落とし種だとか、徳川埋蔵金《とくがわまいぞうきん》のありかを知っているとか、そんなたぐいの思い込みにすぎん。哀《あわ》れだね」

「おっしゃる通りかもしれませんわ」

それで黙るかと思いきや、妻はまたあいだを空けて夫に向かい、

「そんなお金が本当にあったら……」

「何をいうんだ」夫の声は少し大きくなった。「あの杖をついた老人が、観音様の下に本当にそんなものを隠したと、お前は信じているのかね」

「あの、すみません」

いきなり声をかけられて、夫婦は心臓が喉から出てくるかと思うほど驚いた。

「今、杖をついた老人、とおっしゃっていましたが……」

作業服の二人の男のうち、年を取った方だった。青年は相変わらず口を半開きにして、目を見開いて二人を見ていた。

どこまで聞いてたんだオマエラ、という警戒心丸出しの夫婦に対して、しかし作業服の男はどこまでも丁寧で、

「申し訳ありません。立ち聞きをするつもりはなかったんですが、気を悪くなさったらお詫《わ》びします」と、しっかり謝ったうえで、

「しかし実をいいますと、私たちはちょっと人を探しておりまして、それがまさに今おっしゃった、杖をついた老人だもんですから」

「あらっ」グレースは思わず声をあげた。「そのお年寄りだったら、たった今救急車で運ばれましたけど？」

「本当ですか！」

作業服の男が叫ぶと、隣の青年は、反射的にびくっとなって、中年男の作業服の袖《そで》をぎゅっとつかみ、無言でおろおろし始めた。

「待て。落ち着きなさい」中年男は青年を見て、静かになだめた。そしてグレースとフィリップを凝視して、「すみません。できましたらその老人のことを、もう少し詳しく教えていただけないでしょうか。私たちの身内かもしれませんので」

「そんなこといわれても……」

グレースはとたんに及び腰になった。どんなことであれ、とにかく他人とはできるだけ関わりたくないという、本来持ってる小市民根性が頭をもたげてきたのだった。

「私たちは、たまたまここにいただけで、そんなにじろじろ見ていたわけでもありませんし……」

「どうしたどうした」

すぐそばでギャルといい合っていた若い男が、ずけずけと割り込んできた。

「杖ついたじいさんがどうした」

「あ、はい。実はですね……」

といって同じ説明を中年男がもう一度しようとしたとき、青年が、

「あーっ」

といって、男の手を指差した。

「あ、これ？」

その手の中にはおじいさんの中折れ帽があった。

「そ、それはどうしました」作業服の中年男の声は、その帽子を見て一段と高くなった。

「じいさんが被《かぶ》ってたんだよ」若い男は答えた。「最初そこらへんに立ってたんだけどさ、急にふらふらーって倒れかかったもんだから、俺がさっと抱えてやったら、この帽子が落ちたんだよ。だから俺、これでじいさんの顔、煽《あお》ってやったんだよ」

「それで」中年男は、男に摑《つか》みかからんばかりだった。「それでその老人は、どうなりましたか。救急車で運ばれたということを伺いましたが」

「そうなんだよ」若い男は、さっきからだけど、オッサンみたいな口調でなれなれしくいった。「いっぺん倒れてさ、しばらくここに座らせてたんだけどね。そのあとモ一回倒れちゃったんだよ。だからね、俺が救急車呼んで」

「オメーじゃねーだろ」ギャルが思わず話に入ってきた。「あちしが電話したんだろーが

よ」

「俺が指令出さなかったらピクリとも動きゃしなかっただろお前はよ」

「シレイ？　指令って何だよ指令って」

「それで」中年男は二人の小競《こぜ》り合いを相手にせずいった。「その救急車は、どこへ行きましたでしょうか」

「それが判んないんだよねえ」若い男は腕組みをして、困ったようにいった。「なーんかちゃっちゃか、ちゃっちゃか連れてっちゃってさあ」

「そうですか……」中年男は汗を拭《ぬぐ》った。「それは大変困りました。何とか連絡を取る方法を考えなければいけません」

作業服の青年はいつのまにか、不安そうに中年男の手を握り締めていた。

「あんたら、誰」

ギャルが用心深そうに訊《たず》ねた。

「あ、申し遅れました」中年男はギャルの方を向いて気をつけの姿勢をとった。「わたくしは徳丸《とくまる》といいまして、こちらは先生のお孫さんでいらっしゃいます」

「徳丸？」男はそれを聞いてはっとした。「あんたもしかして、なんかの会社の社長やってない？」

「はい」徳丸もはっとして答えた。「食品冷蔵の会社を経営しております」

「そいじゃあさ、そっちの人の名前、与太郎ってんじゃないの？」

「与太郎君です。先生のお孫さんでいらっしゃいます」徳丸はそういって、与太郎と目を合わせ、また男を見て、「どうしてご存知なんですか」

「いやだって、さっきのじいさん、俺のことこの人だと思いこんでさ、いろいろ話しかけてきたんだよ」

「そんなことがあったんですか」徳丸社長はいっそう身を乗り出してきた。「先生はそれで、どんなお話をなさったんでしょう」

「なんかいろいろいってたよ」男はけろりといった。「なんつってたっけかなあ……そうだ、あんたのこと怒ってたよ」

「私をですか」徳丸はのけぞった。「どうしてでしょうか」

「よくもワシの大事な孫をクビにしたなー！　とかいっていたよ」

「与太郎君をクビになどしていませんよ」徳丸は男の前で両方の手のひらを振った。「そんな、先生のお孫さんを、そんな」

「俺のことを孫だと思いこんでたみたいなんだよ」

男はそういって、ちらっと与太郎を見た。与太郎は徳丸の背中に回って身体を隠し、左目だけで男をじっと見ていた。

「俺がじいさんに話あわせていろいろいってたら、俺が会社クビになったのを、孫がクビにされたって、勝手に思いこんじゃってさ」

「そうだったんですか」徳丸は肩を落とした。「先生は今年、確か八十一歳になられるはずです」

「それで怒って倒れちゃったんだよな」男は思い出すように首を傾《かし》げながらいった。「あんたに馬鹿にされたとか、さんざん金を使われたとか、なんかそんなこといっていたよ」

「先生は私の恩人です」

徳丸社長の口調は、男に向かって抗議するようだった。

「先生の考案された特殊生鮮食品冷蔵技術のおかげで、私は会社を大きくすることができたんです。その御恩を片時たりとも忘れたことはありません。確かに先生から会社の運転資金や開発費をお借りしたことはありますが、すべて利子を含めてお返ししましたし、特許使用料はもちろんのこと、特別顧問としての報酬《ほうしゅう》も、充分にお支払いしています。馬鹿にするなんてとんでもないことです。足を向けて寝たこともありません」

「そんなの俺にいわれたって困っちゃうよ」男は苦笑した。「じいさんがボケちゃったんだからしょうがないよ」

「じいさん、じいさんとおっしゃるが」徳丸社長は、自分が馬鹿にされたような気分らしかった。「世が世なら、先生はかのトマス・エジソンともビル・ゲイツとも肩を並べる、世紀の天才発明家なんです」

徳丸社長の声は小さくなかった。目の前の男とギャルにだけでなく、もう変なゴタゴタは男に押しつけちゃってソッポを向いていたグレースとフィリップにも、最初から知らん振りをしていた剣菱にも聞こえた。

「いるんだよ、そういうじいさん」男は笑いながら答えたが、声は少しだけ慎重な響きをおびていた。「納屋《なや》みたいなの持っててさ、そん中で新しい蚊取り線香とか、大根の桂剝《かつらむ》きが簡単にできる装置とか作ってるやつ」

「先生はそんなヤカラとは、まったく違います」

社長はきっぱりといった。

「数年前までマサチューセッツ工科大学で物理学および航空力学の教鞭《きようべん》をとっておられただけでなく、取得した特許は七百二十二件に及びます。その中には飛行機のジェットエンジンの改良技術や量子ラジオ、現在の自動改札に応用されているシステムやGPSの基礎も含みます。当社の特殊生鮮食品冷蔵技術などは、先生の功績の小さな一つに過ぎません。実は今日、先生にここへ与太郎君と呼ばれましたのも、何か新しい発明についての重大なお話だったようで……」

渋谷は種々雑多な雑音で息が詰まりそうだった。イライラした声で駅員を怒鳴っている人や携帯に向かって絶叫している人、バスやクルマのクラクションやエンジン音もひっきりなしだった。おまけに上空にはこの大混乱をニュースにしてやろうと、テレビ局のヘリコプターまで飛んでいた。

それなのに若い男とギャル、剣菱、そしてグレースとフィリップには、なんの音も聞こえなくなった。

「ところが先生は、その特許によって得られるはずの利益を、殆《ほと》んどすべて放棄なされています」社長は続けた。「以前、金銭のことで先生は大変つらい目におあいになられ、それ以後は財産をすべてみずから設立なされたNPO基金に寄付なさっておられるのです」

「それ、本当の話かい？」若い男はいった。「だったらさっきの、観音様の……」

ギャルがいきなり飛び出してきて、男の口をふさいだ。

「なんでしょうか」

と社長がいうと、ギャルは精一杯オトメチックな笑顔を浮かべて、

「なんでもないの」とごまかした。

だけどギャルにも男にも、剣菱にも、グレースとフィリップにも、それはなんでもない

どころの話じゃなかった。みんな同じことを考えていたのだ。
(じゃ、あのおじいさんのいってたことは、本当なのか?)
五人にとって、渋谷は静まり返っていた。誰もいないみたいだった。
(観音様の下を掘り返せば、世界一の金持ちになれるってのか?)

二、人にはそれぞれ事情があります

「とにかく」徳丸社長はいった。「私たちは先生を探さなければなりません。皆さん有難うございました。これで失礼いたします」

きっとみんな、他人のトラブルには関わりたくないだろうと、社長は周囲の人間に一礼し、与太郎の手を取ってその場を離れようとした。

「あのね！」

その背中に慌てて声をかけたのは、脂ぎった中年男の剣菱だった。

「なんでしょうか」

徳丸が振り返ると、剣菱は一面にうっすらと汗の浮かんだでかい顔に、わざとらしい満面の笑みを浮かべた。

「探すといったって君、手がかりも何もないんだろう。どうするつもりなんだ」

「いや、それは……」

とっさのことで何も思い浮かばない徳丸は、ただオタオタするばかりだった。

「いい、いい」剣菱は笑みを崩さず、鷹揚《おうよう》に頷いた。「私にまかせなさい。なんとかしてあげましょう」

剣菱次太郎《じたろう》は今年四十八になる男だった。量販店のぶら下がりのスーツを着て、どうということもない腕時計をして、髪はポマードをべっとりつけたオールバック、靴もワイシャツもとりたてて目立ったところのない外見だが、顔と腹と声はやけにでかく、身振りも大げさで、全体におしつけがましいオーラがぷんぷん漂《ただよ》っている。

この男は日本海に面したT県T市の裕福な旧家に生まれ、県下最優等の高校から一橋《ひとつばし》大学の法学部に進み、県議会議員だった父親の秘書をしていた……一年前までは。

それはまったく彼の人生の黄金時代だった。三百坪の広さを誇る豪邸に住み、昼は父親の権勢を笠に着て、周囲の人間をアゴで使い、夜は種々の業者の接待が引きもきらず、表に出せない金庫にも入りきらない金をポケットに詰め込んで、それを女にヨットに馬にドンペリに、湯水の如《ごと》く使いほうけて当たり前だと思っていた。そのおかげで二十六くらいからずーっと中年太りのオッサンと思われてる。

父親は一介の県議会議員とはいえ、どことはいわんが万年与党のT県支部のナンバー2

だったし、県議会副議長も務めていた。政治におけるナンバー1というのは、いってみれば裏番長である。陰の主権者である。ナンバー1が触れずに済ませたい汚れ仕事や違法な献金、口利きや天下りなど、内緒の話は片っ端からナンバー2へ集まってくる。剣菱はそんな父親の秘書だった。いってみればナンバー2のナンバー2だ。秘書だから政治家の実務には関わらず、息子だから面倒くさい秘書の実務は第二秘書以下のアシスタントたちに回してしまう。彼の仕事は父親の周りをうろうろして一緒にふんぞりかえり、ホテルのロビーで金の入った封筒を受け取ったり、業者を怒鳴りつけたり、地方記者の取材を拒否したりすることだった。

昨年の春に父親から、お前もそろそろ一本立ちする頃だろうといわれたときにも、剣菱はすんなりと受け入れた。一本立ちというのは立候補して政治家になれという意味で、政治家というのはお父さんからいわれてなれるようなものではなくて、数多くの有権者の票を得なければならないわけだが、そんな民主主義的な考えは剣菱にも父親にもありゃしなかった。政治家になるには、T県有数の旧家という地盤、世襲議員という看板、そして金のぎっしり詰まったカバンがあればいい。剣菱にはその三つがみっつとも揃《そろ》っていた。事務所を立ち上げ、ポスターを作り、万年与党のお偉いさんたちに顔を売って歩いた。剣菱は県議会議員になんか出るつもりはなかった。いきなり衆議院に出ることにした。T県では長らく万年野党の候補者が勝っていたので、万年与党も後押ししてくれた。

そこへ悲劇が突然やってきた。あまりにも公然と甘い汁を吸っていた父親が贈収賄《ぞうしゅうわい》の嫌疑をかけられたのだ。これがほんとの嫌疑会議員なんてシャレてる場合じゃない。それだけだったらまだ良かったが（良かないが）、父親はマスコミにも検察にも、そーゆーことは一切合財秘書であった我が息子がやったことで、私自身はいっさいあずかり知りませんと繰り返し語ったのである。それだけならまだ何とかなったかもしれないが（ならんと思うが）、さらに検察の聴取を受けた翌日、父親は市内の外国人パブに勤めるエチオピア人女性の住むマンションのベッドで心臓発作を起こして死んでしまったのであった。それでも足らずにそのエチオピア人女性はまだ十八歳で、正体不明の日本人男性と結婚していることになっており、とどめにエチオピアにも夫と子供がいるのが判った。

小悪人の逃げ足はなんと速いものだと、剣菱は腹立ちも悔《くや》しさも通り越して（父親が死んで悲しいなんて気持ちにはさらさらなれない）感心してしまった。ついこの間まであれだけヘイコラと揉《も》み手をしながら陳情にやってきた業者たちは告別式にもやって来ず、万年与党は死後になって除名を言い渡し、小学生までが通学の途中で剣菱家の塀にドスケベジジイと落書きをしていく始末。検察は息子の剣菱にも一応事情聴取はしたがメイン・ターゲットが死んでしまっては気勢もそがれたと見えて何となく証拠不充分にて不起訴となって幕が引かれた。母親はこんなこともあろうかと生前分与で自分のものにしておいた別宅のマンションに引き移って一切合財を知らぬ存ぜぬで貫《つらぬ》き通している。

これだけで済めば、まだ何とか……なるわけないか。最後にスゴイのが残っていた。十八歳のエチオピア人だ。この身長百六十センチほどしかない、日本語ぺらぺらの、一見いたいけな美少女にも見える女性は、なんと剣菱の父親が自筆で書き残し印鑑まで押してある念書を片手に、剣菱家を相手取って遺産相続の訴訟《そしょう》を起こしたのである。念書には、父親が半年前からその女性と「熱愛関係に陥《おちい》って」（原文のママ）いたこと、「心からの愛情にのっとって」財産の大半にあたる金銭を贈与することが、まぎれもなく父親本人の手で書かれてあり、参考書類として、ご丁寧に二人が熱海《あたみ》の海岸でぶっちゅーとキスをしている写真や、念書に判を押しながら高笑いしている父親の写真まで添付《てんぷ》してあった。

法律の整備されたこんにちにおいては、こんな念書なんかやり手の弁護士が二、三人もいればどうにでもなる。ましてや故人は疑獄の真っ只中《ただなか》にあったとはいえ現職の県議会議員だったわけで、最初のうちは剣菱も、まあなんとかなるだろうと高をくくっていた。ところがアニハカランヤ向こう側には、テレビでコメンテーターなんかやってる高名な辣腕《らつわん》弁護士がついていて、マスコミを味方につけて剣菱の父親にさんざっぱら悪徳好色地方政治家というイメージを世間に植え付け、とうとう念書に書いてあるのとさして変わらぬ額の遺産を、くだんのエチオピア人女性に相続させることに成功しやがったのであった。

剣菱は三百坪の屋敷や人脈はもちろん、女もヨットも馬も失い、地盤看板カバンをそっくり取られた。女性はすべてをがっつり手に入れると、そそくさと本当の夫と子供のいるアジス・アベバに帰り、向こうのテレビ番組に出まくって離婚し、筋肉ムッキムキのスポーツインストラクターと再婚し、田舎のラブホテルみたいな豪邸を建てましたとさ。めでたし、めでたし。めでたくねえよ馬鹿野郎。

旧家の名誉は地に堕ち、世間の目はアイスランドのカキ氷よりも冷たくなり、それでも剣菱は、立候補することにした。そんなの無理だろう、何を考えているんだと思うかもしれないが、実は理由はいくつもあったのだ。第一に彼には、他の仕事は全然できない。大学を出てから今まで、四半世紀も政治がらみの仕事一辺倒でやってきたのだから。第二に応援してくれる県内の有力者たちがいた。彼らは父親の代から何くれとなく世話をしてくれて、何十年も馴染《なじ》んだ仲であり、こんなことになる前から、事務所費用の一部や選挙資金を出してくれていた。そしてこんなことになってしまった今では、なんとしても剣菱に勝ってもらわなければ困るのだった。出した金が返ってこなくなっちゃうから。つまり彼らは応援してくれる人たちというより、いっそ債権者といったほうが正しかった。今さら降りるなんていわせねえよ、と彼らは剣菱に向かっていった。

第三の、そして最大の理由は、勝てる可能性がないわけではないからだった。何いってんだ、親父はエチオピア人の家で腹上死、息子は闇献金で遊びほうけていたっていうのに、どうやったら選挙に勝てるっていうんだよ、と最初は剣菱自身も思っていた。しかしだ。よーく考えてみよう。政治家が自分の贈収賄疑惑を秘書のせいにするのは、今やお家芸というか常套《じょうとう》手段である。そしてその疑惑は不起訴処分になった。父親も剣菱も逮捕されたわけじゃない。確かに剣菱家は女にすっかり金を取られてしまったけれど、それは父親の尻拭いを息子がさせられたからで、息子の不名誉ではまったくない。そしてその県議会議員であった父親は死んだ。となればこれは、弔《とむら》い合戦ではないか。っていうか、そういうイメージ戦略を作っていけば、災《わざわ》い転じて福となすことも、できないことじゃない、かもしれない、と、いえないこともない。

そういうわけで剣菱は、清水《きよみず》の舞台から飛び降りるどころか、言葉の通じないジャングルでバンジージャンプをするくらいキワドイ状況で国政に打って出ることになった。博打《ばくち》である。三連単を百円で一枚買って百万円にするくらいの大博打である。当たればこれまでの不名誉は一挙に挽回《ばんかい》できる。今ソッポを向いている業者どもも、もう一度手のひらを返して擦《す》り寄ってくるだろう。そうなれば芸者遊びもヨットも取り返せる。しかし負ければパーだ。スッカラカンのパー。

ほかに何にもないんだから、身体を使って走り回らなければならない。この日、剣菱がT県から新幹線（自由席）に乗って上京したのは、万年与党幹部のヤマザキ先生に三分間だけおめもじかなったからだった。父親が与党を除名になったために、剣菱も連座して無所属で出なければならない。ただ与党の推薦を受けることはできる。できるはずだ。こちらに勝機があると、向こうに思わせることができさえすれば。そのためには、まずしっかりと挨拶《あいさつ》すること。でかい声ではきはき喋ること。そして金だ。

推薦を受ければ与党から金の助けが来るのは間違いない。しかしそれを得るためには、まずこちらである程度の金は準備できる、少なくともそう思わせる必要がある。剣菱に金は全然なかった。金があると人に思わせられる要素も全然なかった。ヤマザキ先生が彼の金欠ぶりを知らないはずがない。そのことで二の足を踏まれて、推薦の話が流れてしまったりしたら、もうおしまいだ。スッカラカンのパーに向かって一直線だ。

剣菱は時計を見た。十一時、二分前だった。もうヤマザキ先生の事務所へ時間通りに行くことはできない。しかしそれは、なにしろこの大混乱なのだから、受け入れてもらえないこともないだろう。ただし、次にいつ会えるかは判らない。二度と会ってくれないかもしれない。その可能性は高い。いかにも落選しそうな候補に、誰が推薦など与えるものか。自分じゃ全然金を出せない候補に、誰が資金など出してくれるものか。次に会う約束を取り付けるためには、もう「金があるフリ」では駄目《だめ》だ。「金が本当にある」ということを、見せつける必要がある。絶対に必要だ。

剣菱は死ぬほど金が欲しかった。

「いい、いい。私にまかせなさい。なんとかしてあげましょう」

といって剣菱が、その場から徳丸社長と与太郎を連れ出そうとしている後ろ姿を、グレース、こと米山トメ子三十八歳が目で追った。そして目だけで追ったのは、最初の一秒だけだった。グレースはすぐにかたわらのフィリップ、こと米山権六三十九歳の腕をつかみ、

「あなた」

といって、歩き出した。

「なんだね。どこへ行くつもりだ」

いぶかしげに声をあげるフィリップに向かってグレースは、

「シィッ！」

といって口に人差し指をあてた。

フィリップはグレースに引きずられるようにして、剣菱たち三人の後を追った。

「三十を過ぎた女の顔は、『履歴書』だ」

グレースの信奉《しんぽう》する、さる女流作家の名言である。

「もちろんその履歴書には、住所も連絡先も書いてはいない。しかしその女性がいかに生きたか、いかにして『今』を生きているか、その女性がどれくらい輝いているかが、言葉ではない言葉で書かれている。その『言葉ではない言葉』とは、内面である」

グレースは読みながら、うんうんと頷いていた。

「女性の内面を作るものはなんだろう？　それは『気品』だと、私は思うのである」

グレースは、うんうんと頷くのをやめ、こっくり、こっくりと、ゆっくり首を動かした。

「では何が女性の気品を作るのか。気品とは何か。自分一人がつんとオスマシをしていても、それを気品とはいわない。気品というのは周囲からの評価によって定まるものだ。家族や友人、恋人や仕事仲間から、気品ある人と認められて初めて、その女性は『気品のある人』と認められる。

そして女性が周囲から何によって評価されるかというと、それは外見である。人が外見によって人物を判断するのは、避けられないことだし、否定すべきことでもない。

すなわち、女は気品によって外見を作り、外見は気品が作る、といえるだろう。

だから私は、自信を持って買い物をし、自分を着飾るのである」

普通の人なら、何それ、えーっ？　となってしかるべき結論に、グレースはため息をついて感心した。そして買ったばかりの『グラマッツィア』六月号をはらりと閉じ、フィリップと一緒に渋谷へ買い物に出かけて来たのだった。亀戸《かめいど》からバスで十五分のところにある賃貸マンションから。

しかし誰が見ても、彼女が亀戸からバスで十五分の賃貸マンションから出てきたとは思わないだろう。グレースの装いは、それはそれはエレガンス、それでいながらカジュアル、かつラグジュアリー、なのであった。清潔感の中にもほのかな色気を漂わせるベージュのシャツワンピースはBODY DRESSING Deluxeのもので、ストールつき3万6750円。しかし今日は同じ色のストールではなく、ディアノラ・サルビアティーのアフリカンなストール3万5700円をあしらっていた。さらにシャツワンピースの上に羽織っているのは、オンワード樫山《かしやま》の白いニットジレ1万5750円。大き目の金ボタンはわざとはずしてラフさを演出している。さらにマックスマーラのベルト2万1000円。トッズの白いバッグ19万5300円。イシェーラのベージュのパンプス風のローヒール1万5225円。なおかつアクセサリーにティファニーのピアス29万9250円と、シェイスビーのネックレス29万4000円を身につけていた。そして薬指にはブルガリの、セーブ・ザ・チルドレン・プロジェクトのため特別に作られたシルバーの「ブルガリ・アニバーサリー・リング」3万9900円、もつけていた。これはブルガリが創立百二十五周年を記念して、売り上げの一部を「セーブ・ザ・チルドレン」に寄付するというもので、現代のセレブがそういうチャリティに無関心でいてはならないのは常識中の常識である。もっともグレースは「セーブ・ザ・チルドレン」て何のことだかはよく知らないけれども、とにかくこのシルバーリングをつけているというのはチャリティなんだということは、セレブであれば知らない者はない。大事なのはそこ。

そしてフィリップの今日のなりはというと、これまたお見事。靴はベルルッティの一枚革のローファー19万5090円。エルメスの白いジャケット43万6800円の下にクリーム色のカーディガン23万3050円と、ラルフ・ローレンのピンクのストライプシャツ5万8800円をさりげなく着て、ジャケットの胸ポケットからは赤い縁取りのポケットチーフ8400円が顔を出していた。下はシアサッカーのストライプパンツ2万4150円と、エルメスのベルト12万2850円。アクセサリーこそつけていないが、身に着けているものの総額はグレースとどっこいどっこいだ。

午前中の渋谷で人の着ているものに目をやる人間などめったにいない。ましてやこんなに駅の周辺に人がごった返している緊急事態のときにはなおさらだが、それでもちらちら人の目に入る二人の格好は、明らかにこの場所のこの状況からは浮き上がっていた。どう見てもこのファッションはマヨルカ島でシャンパンを飲みながらプライベートビーチを散歩するためのもので、渋谷でタクシーの行列に並ぶ格好ではない。そして、それは格好だけだ。二人の顔も体型も、これといって印象に残るものではなかった。むしろ、これほど浮き上がったファッションを、これほど平凡な人間がまとっているということが、あるいは人目を引くなら引いたかもしれないくらいだった。

そして実際、平凡な夫婦だった。二人は千葉《ちば》県佐倉《さくら》市の高校の先輩後輩で、同じ青山学《あおやまがく》院《いん》大学に通い、同じ外資系の証券会社に就職し、そして結婚した。お互いに浮気もせず相手一筋の付き合いで、この十数年間、毎日一緒にいた。なんでかというと、どちらもほかに友だちが一人もいなかったからだ。

いや、これは正確な表現とはいえない。少なくとも彼ら自身はそうは思っていなかった。彼らにいわせれば、周囲に一人も彼らの趣味を理解できるほどのセンスの持ち主がいなかった、ということになる。彼らはともに平凡な会社員を父に、平凡な主婦を母に持っていたが、どちらの両親も子供に恵まれた教育と環境を与えるべく、千葉県では名の知られた一流私立高校に進ませた。自分たちのようなハイセンスな人間がそういう学校に通うのは当然だと信じて疑わなかった二人は、もうその時点で同級生たちから見れば、鼻持ちならない気取り屋だった。それは同時に、彼らが鼻持ちならないほど気取っていなければ外にあふれ出そうなくらい、「流行に遅れたら駄目人間と見なされるのではないか」という怯《おび》えを、強烈に抱えていたということでもあった。

その時その時に最先端、もしくはセンスがいいと思われるものを、血まなこになって漁《あさ》るという点で、グレースとフィリップは共通していた。彼らは毎月毎週、「いい趣味」が掲載されている雑誌を買いまくった。学生時代には『ポップ・アイ』『オル・リーブ』『ハウンドドッグプレス』『セブンティ』を、中堅どころの証券会社に入社してからは『Sクワイ屋』『マリ・クレーナイ』『ヒガロ』『バアサン館』、そして『ニキー太』『おレン』の頁をめくり続けた。そしてそこにある「いい趣味」を貪欲《どんよく》に取り入れた。それはつまり、それらの雑誌に載っている写真の中から、何となく良さそうなものをまるごと猿真似すべく、上から下まで買い揃《そろ》える、という意味だった。

雑誌は毎月出ているのだから、二人の洋服も毎月買わなければならなかった。幸か不幸か、証券会社の給料はそれらの買い物を支えて余りあった。二人は結婚してすぐに自由《じゆう》が丘《おか》のマンションを買った。１ＤＫの狭すぎるマンションで、こじゃれた新築のくせにエレベーターもない五階建ての四階、それで四千七百万円もしたが、自由が丘の新築マンションに住むためだったら安いものだと二人は思った。不動産屋のカモになったとしかいいようのないそのマンションに、二人はせっせと新しい洋服や家具調度品を持ち込み、古くなった（と彼らには思えた）ものをどんどん売ったり捨てたりした。半年前に買ったものでマンションにあるのは、冷蔵庫とそのマンション自体くらいなものだった。そういう生活を二人は「幸福」と見なした。彼らは幸福を大いにエンジョイし、満喫していた。……半年前までは。

昨年の暮れにアメリカ人の部長がみんなの前に現れて、英語でいった。ゴーマン・ショックで株価が暴落している。よって年末のボーナスは支給されない、と。アメリカのゴーマン・ブラザーズという大手証券会社が長年にわたる傲慢《ごうまん》のツケが回って破綻《はたん》した、そのわずか五日後のことだった。マンションのローン返済にボーナス時の増額を組み込んでいるグレースとフィリップの米田負債、じゃなかった米田夫妻の表情は、若干ぎこちなくなった。しかしそのときは、まだ支払い能力はあったし、ぎこちなさも「若干」だった。世界の経済情勢がこんなことになって、来年のミラノ・コレクションは大丈夫かしら？ なんていいながら二人はマイセンのどんぶりで年越し蕎麦《そば》を食べた。そしてさらにその五日後、二人の勤めていた会社はいきなり倒産してしまったのである。

これでローンの返済は不可能になった。フィリップはマンションを売りに出し、二人は亀戸からバスで十五分の賃貸マンションに引っ越した。普通、夫婦で証券会社に勤めていれば、住宅ローンを払っていても、まだ一千万や二千万の貯金は残っているものだ。二人には貯金なんか全然なかった。貯金よりも毎月のセレブリティ・センスを維持するほうが、彼らには重要だったのだ。世間に不況の風が吹きまくり、一流大学を出た元証券マンでさえ、容易に再就職先が見つからないような時代がいきなりやってきたとしても、それはつまらぬ俗世間の話であって、自分たちの高尚《こうしょう》な趣味を、そんなことでさまたげられるハズがない。しかもフィリップは再就職先に、これまでと同等かそれ以上の給与待遇を求め、グレースもその毅然《きぜん》とした態度には賛成していたから、彼らは今年に入ってからずっと、完全に無職のまま月々のお買い物だけを続けていたのである。今日、つまり平日の昼間に、妻が東急本店でロレックスの「オイスター・パーペチュアル・レディ・デイトジャスト」91万3500円の文字盤に付いた十ポイントのルビーを見るために夫を連れて来られたのも、夫が仕事をしていないおかげであった。

夫婦がどちらも仕事をしていないこと（グレースがパートに出るなんてことは考えられなかった）、マンションを引き払って賃貸に移ったこと、そのマンションの買い手もまだ見つかっていないこと、ただでさえ少ない貯金がどんどん減っていること。それら一切にグレースとフィリップは目をそむけていた。現実から目をそむけることは二人の得意技で、その我田引水《がでんいんすい》と現実逃避の力業は、二人を健《すこ》やかなるときも病めるときも、金が入っていたときも無収入の今も、幾久しく強固な絆《きずな》で結びつけていた。

しかしそれでも、遠慮も礼儀も知らない現実は、二人の城にずかずかと足を踏みこんできた。それはクレジットカード会社からの通告書という形をとって、郵便ポストの細長い隙間《すきま》から巧妙に侵入したのだ。そこには、先々月分の支払いが半額しか振り込まれていないこと、今月末までに残額および先月の使用額を振り込まなければ、カードの使用を停止し、財産を差し押さえる可能性があること、などが書かれていた。

さすがにこれを無視することはできなかった。もちろん二人は、力の及ぶ限り無視しようと努めた。フィリップがその通知を見て、ふん、馬鹿馬鹿しい、と、まっさおな顔で現実を一蹴《いっしゅう》し、通知をゴミ箱へぽいと放り投げたとき、グレースはその男らしい姿に改《あらた》めて惚《ほ》れ直したけれど、自分だって夫と同じくらい蒼い顔をしているのは鏡を見なくても明らかだった。

そしてその通知を受け取ったのは、まさしく今朝のことだったのである。なんだか気分がクサクサするねえ、こういうときには都会のキャフェでスムージーかミントティでも飲むに限るよとフィリップがいって、それじゃあついでに渋谷でロレックスを見ましょうよということになったのだ。こんなつまらぬ大混雑さえなければ、今頃は今月号の『不敵な奥さん』で女優がオススメしていた青山のオープンカフェで、女優の座っていた席で女優の飲んでいたものをゆったりと楽しんでいたはずだ。「カード破産」「住宅ローン破綻」という、自分らのようなハイソサエティな人種にはありえない事態が目前に迫っていることを、心の中ででも思い返さないように必死で抑圧《よくあつ》しながら。

グレースとフィリップはハイソサエティな夫婦だった。そして二人は、喉から手が出るほど金が欲しかった。

フィリップとグレースが剣菱たち三人の後を追っていくのを、二人の若い男女がじっと見つめていた。

男はついさっき、救急車で運ばれたおじいさんに孫の与太郎と間違えられた、二十代の若い失業者。

女はギャル。

二人はモヤイ像の前で、バスやタクシーをじりじりしながら待っている何千何万という人の群《む》れと一緒に立っていた。

「ちょっと」ギャルは男の脇腹をつついた。「どうすんの」

「どうすんのって、何が」男はギャルの顔を見た。

ギャルは男の顔をじーっと見ていたが、やがて、

「何でもない」といって、地面を見た。

男も五秒くらい黙って、あっちこっちを眺めていたが、やがてギャルの耳元に顔を近寄せて、

「何考えてるか、当ててみようか」

ギャルはぴくっと男を見た。

「なんも考えてねえよ。バッカじゃないのあんた」

「考えてるに決まってるだろうがよ」男はにこにこしながらいった。「当ててみようか。お前さ、世界一の金持ちになること考えてるんだろ。そうだろ?」

「バカじゃないのあんた」ギャルは真っ赤になって叫んだ。「バーカ、バーカ、バーカ」

「はい、図星」男はそういって、ギャルの姿を改めて、上から下まで眺めた。

男はギャルに関する知識なんか全然なかったから、それをただ、可愛い女の子が髪の毛を染めて足出してんなあ、としか思わなかったが、詳しく見ればそれは、ギャルの中でもアダルトな、上昇志向をそこはかとなく感じさせる装《よそお》いだということが察せられたかもしれない。髪の毛はワンレンボブのラフな内巻きで、色もただのメッシュじゃなく、やや暗めのグラデーションに根元はグレー、表面にはうっすらと水色をかぶせて、立体感を出し

ている。ブラックのアイシャドウはオーバー気味だが薄め、むしろアイライナーをしっかり入れていて、下まつげも付けていないのは、あたしもうガキじゃないんですけど？　ということを主張している。その代わりにグロスは薄いピンクのリッチ系でふっくらめ、これは金づるになりそうな馬鹿男に、乙女っぽいと勘違いさせる効果がある。黒いスエットジャケットの下に白いタンクトップ、ウォッシュデニムのショートパンツに黒いエナメルのパンプス、これ全部渋谷109《マルキュー》で買ったもので、一万円を超えるものはひとつもない。アクセ、ってアクセサリーのことだけど、アクセもシルバーの三連チェーンのネックレスだけで、これもマルキューで三千円。バッグは黒のパイソンだが、中古で六千三百円。赤《あか》井《い》アカネはギャルではあっても、ちゃらいギャルとは違うのだ。もう二十一だからロリータでもない。

かつてはアカネもちゃらいギャルだった。『ランズキ』を読んでニーハイソックスにウエッジサンダル履いて、パラパラも踊ったしクラブも行った（クラブは今でも行くけど）。ギャルっつーとそれだけでヘンに勘違いするおっさんとかいるから先にいっとくけど、別に家庭に問題はありません。お父さんは仏具の会社に勤めていて、お母さんは化粧品会社のテレフォンアポインター。お兄ちゃんは学校の先生めざして大学で勉強中。全員浜田山《はまだやま》のマンションに住んで仲良くやってる平凡な家族です。アカネも一応短大卒だし。

なんでギャルをやってるのか、アカネは深く考えたこともなかった。高校に入ってすぐくらいのときに、お兄ちゃんから「なんでギャルみたいなのやってんの？」と訊かれたとき、「別にフツー」と答えたけれど、それは反抗期だったからウザくていっただけじゃなかった。本当にそれは彼女にとって普通のことだったのだ。だってナナもミウもアズサもやってる。頬《ほお》にシャドウを入れたり、でっかいマツゲをつけたりするのは楽しかった。マルキューのお姉さんもかっこよかった。サークルにも何となく気の合う仲間がいっぱいできた。

短大に入って一年ほどしたとき、小さな小さな転機が訪れた。六本木《ろっぽんぎ》のクラブで同じテーブルで薄いジンフィズを飲んでいた、全然知らないギャルとなぜか意気投合して喋っていたとき、メンズが近寄ってこなかったこともあって、いつしか「深い話」になった。知らない女子大の二年生で、キャバクラでバイトしているというそのギャルが、話の前後はすっかり忘れたけれど、かつてお兄ちゃんがいってたのと同じ、「なんでギャルやってんのか」という話を振ってきたのだ。そしてそのギャルは、酒臭い息を吐きながら、げらげら笑って答えも出した。

「だってえ、ほかにやることないからサア、だからギャルやってんだよね」

「どういうこと？」

「あんた、その格好全部しっかりそろえるのに、時間どれくらいかかってる？　あたしは全部足したら二時間じゃきかないよね。そいで出かけるのだって洋服買ったり髪やったりクラブでしょ。であたしなんかバイトもキャバクラでしょ。学校以外全部ギャルだよね。ギャル以外なんもやってないよね、事実上！」

その時はアカネも一緒になって笑って、でほかの話に移っていったけど、帰りの終電に乗っても家に帰っても、頭の中にその言葉がずーっと残っていた。ほかにやることないから、あたしはギャルやってんのか？　っていうか、ギャルやってなかったら、あたしにはやることがないのか？　ほんとに？

それからというもの、アカネはメークをしたり服を選んでいるときに、ちょっとだけ暗い自己嫌悪を感じるようになった。それとなぜか、他人に対して少し攻撃的な気持ちを感じるようにもなった。でもギャルは続けた。彼女なりにいろいろ考えた結果、やはり彼女はギャルが好きだったからだ。「ギャルが好き」という明るい面と、「やることないからやってるギャル」という暗い面を同時に持ったまま、アカネは短大を卒業し、高校のときからずーっとやってるコンビニのバイトを続けた。就職活動はひと月くらいやって、あきらめた。どんなにギャルっぽさを消して面接とか行ってもハネられるし、募集が出てたってだけで特に興味もない会社のおっさんから、渋谷で遊んでるような女の子のできる仕事じゃないよ、なんていわれるし、シューカツなんて気分が悪くなることばっかりだったからだ。

だからといってコンビニでレジ打ったり売れ残りの弁当を捨てたりエロ雑誌の検品やったりしていれば幸福、なんてわけもなかった。結局自分がこんなことやってんのは、またしても、やることないからだ、という思いが頭を去ったことはなかった。アカネはますます日常における不機嫌な時間の割合を増やしていった。でも、何をどうすればいいか判らなかった……三ヶ月前までは。

三ヶ月前のある日、アカネはコンビニの雑誌コーナーの脇にある単行本の狭い棚をチラ見した。するとそこに、

『ギャルでも大金持ち！　ハタチで年収五千万獲得した私の成功術』

というタイトルの本があった。アカネはそれを従業員割引で買って、家に帰って読んでみた。

それはアカネももしかしたらテレビで見たことがあるかもしれない、ちょっと前にもてはやされた何人かの「ギャル社長」の一人が書いた本だった。

その社長は高校生までフツーのギャルだった。パラパラやってクラブ通ってバイト先で馬鹿にされていた。アカネと違うのは、社長がガングロ系だったことくらいだ。家もフツ

ーの会社員の家で、これもアカネと同じだった。アカネがショックを受けたのは、社長がアカネよりも、ギャルだからって人から見下されていることに何倍も腹を立てているところだった。

「ギャルってだけで、汚くって頭悪くって、すぐヤラせる、みたいに思うのって、クラブのメンズもバイト先の上司も変わんないなーって、思ったの。それ考えたらくやしくって、泣けてきた。

見た目で人のこと判断してんじゃねーよ！

私が会社を作りたいって思った、その一番根っこにあるモチベーションは、このときのナミダだった、と思う」

何も判らないまんま会社を立ち上げた。最初はイベント企画会社ってことにして、ギャルを集めてクラブのイベントなんかをやってみたけど、大失敗。おまけにずるい大人に金を持ち逃げされたりした。それでも社長はくじけなかった。

ふと見ると、自分の周りはギャルだらけだった。ギャルたちはみんな、それぞれに工夫して可愛いファッションを安いものの組み合わせで作り出していた。そのために、あっちの店でアイシャドウ、こっちの店で付けまつげ、ブラシはあそこグロスはここと、一日中歩き回って買い物をしている。そんならギャル好みの安くて可愛いものをセットにして売ればいいじゃん、と思いついて、メーカーを走り回ってセット商品を作ったところ、これが渋谷で大当たり、今では年商二億円のすごい会社になって、ギャル社長は赤坂《あかさか》のマンションでトイプードルと優雅に暮らしているのであった。

マンガ以外の本を一冊読み通したことのなかったアカネは、それを二日かけて一気に読んだ。読み終わったとき、アカネは別人になっていた。

「見つけた!」アカネはベッドから起き上がって叫んだ。「あちし、見つけた!」

それはつまり、自分の目標を見つけた、ということだった。

「あちしもギャル社長になる!」

そーだよ。アカネは思った。あちしだって今まで、さんざんギャルだギャルだって馬鹿にされてきたんだよ。くやしくて泣いたんだよ。本当は別に誰もアカネを馬鹿にしている様子はなかったけれど、でもシューカツでそれに近いことはあったんだし、とにかく彼女は、これまで自分が踏みつけにされていた、ということにしたのだ。それでモチベーションを作ることにしたのだ。

そうだ。あちしは何にもやりたいことのない女じゃない。社長だ。社長になれば、今まで馬鹿にしていた人たちも見返せるし、本も出せるし、テレビとかにも出られる。そして大金持ちになれる。社長だ。とにかく社長になればいいんだ。

　このときからアカネの目つきは険《けわ》しくなった。それと同時に焦《あせ》るようにもなった。なんといっても『ギャルでも大金持ち！』を書いたギャル社長は、高校を卒業したときにはバイトで貯めた二百万円があったのだ。アカネにそんなお金はない。社長は「ハタチで年収五千万」なのに、アカネはもう二十一だ。今から貯金していって二百万貯めるのに、いったいどれくらいかかるだろう？　三年？　四年？　そんなに待ってられないよ、二十五歳なんていったら、もうバーサンじゃんか！

　アカネはコンビニに加えて、親に内緒で夜のバイトも始めた。といってもキャバクラは風俗だし、客のあしらいも面倒で、規則とかいろいろうるさいって聞いたことがあったので、渋谷の高級居酒屋で働くことにした。さっき電話した「ヨッチィ」は、その店の雇《やと》われ店長だ。

　コンビニのバイトで月八万、居酒屋で十一万、うちアカネは毎月十万円を貯金すると決心した。今のところその決心は守られている。でも三ヶ月しか経っていないし、今月はまだ給料日じゃないから、預金残高は二十万ちょっとだ。この調子であと一年半も働かなければならないなんて、冗談じゃないとアカネは思っていた。来月は誕生日だ。二十二歳になってしまう。高校生のとき、教育実習に来た大学生が二十二歳だった。おばさんだ、と思ったのを覚えている。ついこの間の話だ。こんどは自分がおばさんになる番だ。そして二十五歳になれば、バーサン。

アカネの焦りは頂点に達していた。何とかして手っ取り早く、大金を手に入れらんないかなあ！

「バカじゃないのあんた」アカネは真っ赤になって叫んだ。「バーカ、バーカ、バーカ」

「はい、図星」男はそういって、アカネの姿を上から下まで眺《なが》めた。

「何その目」アカネは眉間《みけん》にしわを寄せた。「あ。出た。ギャルを下に見る男の目線、出た」

「ギャルだから下に見てるんじゃねえよ」男はそういったけれど、口調はなぜか柔らかかった。「頭を使わねえから下に見てるんだよ」

「じゃやっぱ下に見てんじゃん」アカネは口をとんがらせた。「ざけんなよテメー」

「ざけんなよテメーって、そんな可愛くいわれても、こっちゃあ困っちゃうよ」男は笑った。

「笑ってんじゃねーよ」

「あんたは、あのじいさんのいったことを考えてる」

男はにやにやしながらも、やけに真面目な口調でいった。

「じいさんのいったことが本当で、自分がその『金のなる木』を見つけたら、大金持ちになれるって思ってる」

「ンなわけ、ねーだろ」アカネはそういったが、言葉には力がなかった。

「じゃなかったら、俺があの徳丸って男に、観音様のことをいいかけたところで、いきなり口ふさいだりしないもんな」

アカネは返す言葉がなくなって、男をただ睨みつけた。

「ありゃつまり、徳丸さんには観音様のことは黙っとけって意味だ。なんで黙ってなきゃいけないかっていうと、お前が先回りして、観音様を見つけようとしているからだ。それから、あの脂ぎった野郎が徳丸と与太郎を連れて行って、その後を変な気取り屋の夫婦らしい奴らが追いかけてった。それ見てお前、俺を小突《こづ》いて、どうすんの、っていったよな」

「いったらどうしたっての」

「お前はさ、『金のなる木』を見つけたいくせに、一人じゃどうしたらいいか判らねえんだ。だからもしかしたら、俺が何とかしてくれるかもしれねえって思ったんだ」

「そんなこと思ってるわけ、ないじゃん」アカネは鼻で笑った。「実際、なーんもできないで、ただここに突っ立ってるだけだし」

「そんな風にしか思えねえから、お前は頭を使ってない、っていってんだよ」

アカネは男のにやにや笑いを、まじまじと見つめた。

「あんた」アカネは用心深くいった。「あんたは、じゃ、頭使ってるっていうの」

「当たり前だろ」

「じいさんの、あの、観音様がどこにあるか、突っ立ってて判るってわけじゃないでしょ？」

「突っ立ってて判るんだよ」

この男は金が欲しいわけではなかった。いや、ついこのあいだ数年勤めていた会社をクビになったばかりだから、全然欲しくないってわけはないが、別に一攫千金《いっかくせんきん》を夢見たりとか、贅沢《ぜいたく》したいとかは思っていなかった。この男はただ、このところ気分がクサクサしているのが面白くないだけだった。彼は冒険がしたいと、何となく思っていただけだった。

三、知らない人について行かないようにしましょう

私にまかせなさい、なんとかしてあげましょう、と大見得《おおみえ》を切った剣菱だったが、実のところおじいさんの連れて行かれた病院を見つけ出す、何のアテがあるわけでもなかった。モヤイ像の前から移動して玉川《たまがわ》通り方向へ、徳丸社長と与太郎を連れて歩いたのだって、理由はひとつしかなかった。剣菱は、おじいさんが倒れる前にいっていたことを聞いたであろう人間たちから、二人を引き離したかったのだ。

それなのに、なぜか後ろから、やけに着飾っているくせに陰気な顔の夫婦連れが付いてくる。用もないのに。用もないはずだのに。

「あの、どちらへ……？」徳丸社長が歩きながら訊いてきた。

「いや、そのね」剣菱は作り笑いを浮かべながら答えた。「あのあたりは人ごみがうるさいから。少しでも人の少ないところへ出ようと思いましてね」

電車の止まった渋谷に、人の少ないところなんてあるわけない。実際剣菱と社長と与太

郎、それに後から付いて歩いているグレースとフィリップは、歩けども歩けども人の波を掻《か》き分けなければならなかった。

剣菱は頭の中で要点を整理した。第一の目的は、おじいさんのいっていた、どこぞの観音様の下にあるという「金のなる木」を手に入れることである。第二の目的は、その観音様の場所を探り当てることである。そしてその目的の両方ともを、完全に秘密裡《ひみつり》に、自分ひとりで完遂《かんすい》しなければならない。後ろのやけに白っぽい服を着た夫婦者なんかに知られてならないのは勿論《もちろん》のこと、この善人そうな社長にも、さっきっから口を半開きにしている与太郎にも、決してさとられてはならないのである！「金のなる木」は剣菱が独り占めしなければならないのである！

剣菱はのろのろと人のあいだを歩きながら必死で頭を使った。こんなに頭を使ったことは生まれてこのかたないくらいであった。全身から汗が垂《た》れていたが、頭を使いすぎて脳みそが汗になって流れ出てるんじゃないかと思うくらいであった。

そして、何も思い浮かばなかった。

「実はですな」

剣菱は歩道橋の手前で足を止め、社長と与太郎に向き直った。なんにも思い浮かばないんだから、「いつもの手」を使うしかない。

「僕ぁさる地方で政治関係の仕事をしとるんだよ。だもんだからそういう、救急医療関係の人間にも顔が利くんでね」

「そうなんですか」徳丸社長は顔の汗をぬぐっていった。

「で？」

剣菱はぐっと詰まった。自分の選挙区で「俺は政治家だぞ」といえば、まずたいていの人間は態度が改まる。そーおなんでございますかと揉《も》み手をする。こんな中小企業の社長なんていう人種はましてそうだ。それが「で？」ときた。なんだその無礼な態度は。

「いや、だからね」剣菱は答えた。ここで腹を立てては金が手に入らぬ。「だから僕のちょっとしたコネを使って、その先生の居所を探してあげようかとね」

「それは有難うございます」社長はいった。「でも、じゃどうしてこんなところまで、わざわざ歩いてきたんでしょうか？」

うるさいなあ、剣菱はそう思って、ちらっと二人の背後にいる、グレースとフィリップに目をやった。

「それはですね」剣菱は腹立ちを転嫁《てんか》させることにして、グレースとフィリップを指差した。「どうも怪しい人物が我々をつけまわしているからなんですよ」

社長と与太郎が振り返ると、グレースとフィリップは一瞬びくっとなった。

「私たちつけまわしてなどいませんことよ」グレースは答えた。「下品なことおっしゃらないでください」

「だって実際我々の後をついて歩いてるじゃないか」剣菱の口調は議会の野次と同じだった。「何やってるんだー!」

「目の前におりますのですから、そんな声を出さなくても聞こえますわ」

グレースは眉《まゆ》をひそめた。

「別にあなたの後をついてきたわけじゃない」フィリップがいった。「私たちは最初から、こっちへ歩こうと思っていたんだ」

「そうよ」グレースがいった。「あなたみたいに品位のない人間には、ほかの人間も自分と同じように見えるのかもしれませんけど、私たちをあなたと一緒にしないでいただきたいものだわ」

「その通りだ」フィリップがいった。「悪いことを企《たくら》んでいる人間は、まず人を悪人に仕立て上げるものなのだ」

「なんだお前たちの日本語は」剣菱はあきれていった。「丁寧ぶろうとしすぎて、三文芝居みたいになっちゃってるじゃないか」

「そんなことはどうだっていい」確かに人と喋ることに慣れていないフィリップは、危うく品位を忘れて本気で怒りそうになるのを、必死でこらえた。「とにかくこの人たちを勝手にどこかへ連れて行くのをやめろ」

「え？」徳丸社長は聞きとがめた。「勝手にどこかへ連れて行く？　それはどういう」

「いやいやいやいや」剣菱は慌てて社長に作り笑いを浮かべた。「でたらめなことを口走ってますよこの人たちはアハハハハハハ」

「勝手に連れて行ってるじゃありませんか」グレースがいい募《つの》った。「ほかの人から隔離《かくり》して、独り占めしようとなさってるじゃありませんか」

「ちょっと待った」剣菱はわざとらしく驚いた顔をした。「独り占め？　じゃやっぱりあんたら、我々のことをつけまわしていたんじゃないか。何が最初からこっちへ歩くつもりだっただ」

「我々っ？」グレースは真っ赤になっていい返した。「あなたこそこの方たちと、一体何の関係があるというのですか！」

「あのう」徳丸社長は静かにいった。「これはどういうことなんでしょう。皆さんはお知り合いなんですか」

「いいえ！」剣菱とグレースとフィリップが、同時に答えた。

「ではこれは何のお話なんですか」

「何でもありません！」三人の答えは再びそろった。

「とにかく……」剣菱がいった。

「とにかく……」グレースがいった。

「とにかく、私たちは全然、全然関係ありませんから」フィリップがいった。そしてグレースの手を引っ張って、ほかのすべての場所同様、人間がひしめきあっている歩道橋に上がって、セルリアンタワー方向へと歩いていった。

「なんなんですか？」と、疑問がいっこも解決されていない徳丸社長を、政治家特有の厚《こう》顔《がん》無《む》恥《ち》で完全に無視して剣菱は、

「これでよし」と大きく頷いた。それからキョトンとしている社長に向かって、

「失礼しました。まったく東京というのは奇人変人の巣窟《そうくつ》ですな。おかげでとんだ時間を食ってしまった」

「あなたは私たちを、どこかに連れて行こうとしているんですか」

「とんでもありませんよアハハハハハ」剣菱は高笑いをした。「人さらいじゃあるまいし、僕がそんなことをするわけないでしょう。ただね、このあたりに喫茶店か何か、ゆっくりお話を聞ける場所はないかと思っただけで」

「そんな必要がありますか？」徳丸社長は、今やすっかり剣菱を疑いの目で見ていた。

「そりゃありますとも」剣菱はそういう目で見られることにも、これまでの人生ですっかり耐性ができていた。「できるだけ詳しいお話を聞く必要があります。たとえば、さきほどのご老人のお名前ですとか、住所、職業といったことをですね」

「確かにそうかもしれませんが、しかしあなたにそれを教える必要はないでしょう」

徳丸社長は、すっかり落ち着きを取り戻している。そして落ち着きを取り戻してみれば、この脂ぎった作り笑いの気持ち悪い中年男に関わる必要は、これっぽっちもないのだった。

「だから僕はね、医療関係の人脈を持っておるわけだから」

と、なおも食いつこうとする剣菱を、徳丸は携帯電話を持った手で制した。

「いいえ。その人脈をわずらわせる必要は、恐らくありません。電話をしますので」

そういって徳丸は、携帯電話をぴっぴっぴっと押して、耳に当てた。

「119番ですか？　……いえ、救急ではありません。実は一時間ほど前にですね、渋谷で救急車に運ばれたお年寄りがいるんですが、その方の搬送先を教えていただきたいと思いまして……」

そう。救急車で運ばれた人の行き先を問い合わせるには、ただ119にもう一度電話してみればいいだけの話なのだ。もしもここでは判りませんといわれたら、どこへ連絡すればいいかを訊けばいい。医療関係に人脈のある人になど、世話になる必要はまったくないのだ。

徳丸社長はどうやら119で親切な人に当たったらしく、携帯電話の向こうにいろんなことを話している様子だ。おじいさんの名前とか、住所とか、そんなことを。剣菱はそれが盗み聞きしたくてしょうがない。なのに社長は今や完全に彼に背を向けて、音が漏れないよう、手で口を覆いながら電話している。剣菱はその背中に向かって背伸びをしたり、社長のうなじに耳を近づけたりしたが、そのたびに社長が肩をゆすって振り払おうとするので、とうとう何ひとつ聞きだすことはできなかった。

「突っ立ってて何が判るっての？」

ギャル社長志望ギャルのアカネは、実際突っ立ってニヤニヤ笑ってるだけの若い男に向かっていった。

「何でも判るんだよ」

男はそういいながらも、さっきっからずーっとニヤニヤしかしていなかった。

「あんた、どなた様ですか」アカネはつばでも吐きそうな勢いでいった。「超能力でもお持ちなんですか。コワヤマのイタコか」

「コワヤマ？」と男はちょっと考えてから、吹き出した。「あほ。それをいうなら恐山《おそれざん》のイタコだろ」

「何にもしねーであのじーさんのことが判るってのは、どーゆーことなんだっつってんの！」アカネはそういいながら、顔は真っ赤っかだった。

「そんなのは頭を使えば一発じゃねえか」若い男はそういって、自分よりやや背の低いアカネに向かって、心もち背をかがめた。

「お前、あのじいさんが何をいってたか、ちゃんと覚えてるか？」

「覚えてるに決まってっしょ」アカネは腹を立てて答えた。「観音様の下に、なんか埋めたっていったんだよ」

「それから？」

「それだけ覚えてりゃ充分じゃん！」アカネはもう、男の態度がじれったくってしょうがなかった。

「どこが充分なんだよ」男は笑った。「じゃお前、今から日本中の観音様の下、いっこいっこ掘って探すのか」

「だから突っ立ってたんじゃ何にも判んないってーの！」

「走り回るのはな、頭の悪い奴がやることだ」男はいった。「じいさんがいったことを、ちゃんと覚えていれば、そんなことはしなくたっていいのさ」

　アカネは黙って男を睨んだ。

「だけどお前は、何にも覚えちゃいねえや」男は続けていった。「ただ金がどっかの観音様の下に埋まってるって聞いただけで、浮き足立ってるだけじゃねえか」

「だれが覚えてないっていった?」アカネは口ではそういい、心の中では、ウキアシダッテルって何のこと? と思っていた。「ほかにもいろいろいってたことくらい、あたしだって判ってるよ。けど全部は聞こえなかったって話! だってあたし、あんたみたいにじいさんと話し込んだりしてねーし」

「いーや。お前は俺のすぐ隣にいた」男はきっぱりといった。「俺がじいさんにあげた水が惜しくて、ずっとつきまとってたじゃねえか」

「惜しかったんじゃねーし」

「そうだった」男は笑った。「あの水が金にならねえかって、そればっか考えてたんだ。そういう奴には、水一杯分の金しか手に入らねえもんだ」

「こいつマジむかつく」アカネはいった。「さっきっから何いいたいんだか、さっぱり判んねーし」

「いいか。よーく思い出してみな」男はいった。「まずさ、俺がお前の水をふんだくって、じいさんに飲ませたとき、じいさんはなんていった？」

「しらねーし」

「ありがとう、っていったんだ。覚えてるか？」

「ンなんいちーち覚えてねーし」

とアカネはいったが、本当は覚えていた。そのあと男が、いいんだよ、こんなもん、といったもんで、アカネがそれはあちしんだ、といったのも覚えていた。

「そのあと俺が、こう暑くっちゃなあ、っていったら、じいさんは……」

「島はこんなに暑くならない」

アカネは、自分でも理由が判らなかったけれど、なぜか用心深くいった。

男の顔がぱっと明るくなった。

「そう」男はいった。「そういったんだ、じいさんは。島、ってな。そうやって思い出してみな。あと何ていったか」

アカネはオデコに力を入れて、もう少し思い出そうと、しばらく黙りこくった。目は見開いていたが、どこも見ていなかった。

「俺の大事な孫を……なんだっけ……クビにしやがって……みたいなこと……だっけ？」

「そうだ。そんなこともいったな」男はアカネを励《はげ》ましてるみたいだった。「俺の研究を馬鹿にして、俺の金を無駄遣いして、あげく俺の孫をクビにしおったな、みたいなことを、確かにいった。俺を孫だと思い込んでたんだ」

「そいで、倒れて……」アカネは男の言葉を、半分も聞いていなかった。思い出すのに忙しすぎて。「で、……島じゃ、ずっと一緒だったって……」

「そう」男はいった。「その次が肝心だ。その次に、じいさん、なんていった」

アカネは力んだ。考えすぎて、オデコから脳みそが走り出してくるかと思うくらい考えた。そして、

「思い出した！」と、幼女みたいなあどけない顔で叫んだ。「おじいちゃんが、観音様を作ったって！」

周囲の人にうさんくさい目で見られて、さらに顔を真っ赤っかにしたアカネに、男は優しくいった。

「そうだよ。観音様はあのじいさんが作ったんだ。二十年前に。だけどよ、じいさんはもっと詳しくいったんだぜ、観音様のこと。そのあたり、もうちょっと思い出せねえか？　どうだい？」

アカネは知らないうちに、うーん、うーんと唸《うな》っていた。その唸りは何分も続いた。男はじっとその様子を見つめていた。周囲の人からどんな目で見られようと構わない、とい

った様子だった。そしてついにアカネは顔をあげた。

「駄目だ！」アカネは悔しそうにいった。「もうなんも思い出せない！」

「よし」男はいった。「じいさんはな、こういったんだ。二十年前に、これと同じナントカで、釜の下に観音様を作った、ってな」

「これ？」アカネはいった。「これと同じ、ナントカ？」

「ナントカのところは、俺もよく聞こえなかったんだよ」男はそういって、鼻をこすった。「でも、これっていうのは、これのことだ」

男は指差した。アカネはその指のさす方を見た。

モヤイ像があった。

「これと同じナントカで、観音様を作った、っていったんだよ」男はそういいながら、モヤイ像に近づいた。「じいさんはさ、最初ッからこのモヤイ像を見るために、ここに立ってたんだよ。……あ、ホラ！」

今までいたのとは真裏の、喫煙所のあるほうに回った男は、何かを見つけてアカネに手招きした。アカネは思わず素直に、人の群れを分けながら男に並んだ。

するとと裏側にも顔があった。今まで見ていたのは、やや上を向いたような、女性っぽい顔立ちだったが、その裏はヒゲを生やした、長髪のおっさんみたいな顔だった。

その下に小さな看板があった。

「新島のモヤイ像

新島には古くから『モヤイ』と呼ぶ美しい習慣があった。それは島民が力を合わせる時にのみ使われた。

いわば共同の意識から生まれた素朴な人々のやさしい心根を表すものであった。

『モヤイ』は島の歴史とロマンを秘めた言葉なのである。

ここに集う人々よ、ものいわぬモヤイ像は、あなた方に何を語りかけるであろうか。

願わくば私たちと共に、そのかすかなる祖先の『モヤイ』合う連帯の心に胸を大きく開かれんことを。

昭和五十五年九月二十五日

東京都新島村」

「新島《にいじま》っ」

アカネは、最初の一行だけ読んで、あとは相手にもしなかった。

「じゃ、おじいさんのいってた島って、新島のことだったんだ！」

男は目を見開いたまま肩をすぼめただけだった。

アカネはそんな男を、複雑な表情で見上げた。ニヤニヤしてむかつく男だとは、まだ思っているんだけど、同時にあんまり認めたくない「尊敬」の気持ちも、ちらっと頭をもたげてきたからだ。

「あんた、突っ立ってて観音様のあり場所が判るって、このことだったの？」アカネはいった。「もしかしてこの看板のこと、最初から知ってたの？」

「いや全然」男は答えた。「モヤイ像が新島と関係あるなんて、今初めて知ったよ」

「あたしも初めて！」アカネは殆んどはしゃいでいた。「モヤイ像なんて、あたしいっつも通ってっけど、全然知らなかった！」

「じいさんは、これをずーっと眺めてたんだ」男は考えながらいった。「孫と待ち合わせてたんだけどな。でも、そもそも待ち合わせの場所にここを選んだんだって、このモヤイ像があるからだったんじゃねえかなあ」

「はー」アカネにはそんな話、どうでもよかった。「じゃ新島に行くと、こんな感じの観音様があって、そこの下になんかある、ってわけ？」

「それっぽいね」男がいうと、

「それっぽいね」アカネは楽しそうに目を見開いていった。

「お前、うきうきしてんじゃねえか」男は眉をひそめながらも、口元は笑っていた。「お前、まさかと思うけど、あのじいさんの『金のなる木』ってやつ、かっぱらうつもりじゃないだろうな。そんなことしたらお前、泥棒だぞ」

「泥棒じゃねーよ」アカネは嚙《か》み付くようにいった。「地面の下に埋まってんでしょ。埋まってるものを拾ってくるだけでしょ。それって泥棒じゃねーじゃん。道で石ひろうようなもんじゃん」

「自分勝手なこといってやがる」といいながら、男は別にとがめるようでもなく、相変わらず笑っていた。

「だけど、どうすんだお前。新島ってことだけ判ったってしょうがねえだろ」

「なんで」

「新島ったって広いぞ」

「でも島でしょ。離れ小島でしょ、どーせ」

「あのさ」男はいった。「お前、新島ってどこにあるどんな島か、知ってんの?」

「え」

アカネは詰《つ》まって、たっぷり三十秒ほど、悔しそうな顔で黙っていたが、やがて名案を思いついた。

「知らなくたってカンケーねーし。知ってる人に訊けばいーだけだし」

「知ってる人って誰だ」男はそういって、ああ！　と思い出した。「そうか、さっき電話で呼び出した男だな。ヨッチィとかいう」

「こいつまじウゼエ」何でもかんでもいい当ててしまう男に、アカネは呟くようにいった。「だからカンケーねーって、いってんじゃん」

「そうか。カンケーねーか」男はいった。「じゃ、いいや。ヨッチィが来るまで、そこでおとなしく待ってんだな。電車が止まってこんななってる渋谷に、ヨッチィがいつ来るか知らねえけど。俺は先に行くから」

そういって歩き出そうとする男の腕を、はっとしたアカネは反射的に摑んだ。

「ちょっと。どこ行くのよ」

「どこへ行こうがカンケーねーだろ？」男はいった。「俺あ、ちょっと急な用事ができたからでかけるんだ」

「待って。まじで待って」アカネは慌てた。「待って。超待って」

「超待ってってなんだよ」男は大笑いした。「たった今おめえ、俺のことまじウゼエっていったばっかじゃねえか」

「じゃなくて。そうじゃなくて」アカネは、なんていったらいいか判らなくなった。「どこ行くかだけ教えて」

「やなこったい」

「教えなさいよ」アカネはつっかかった。「どこ行くかだけいいなさいよね」

「うるさいなあ。なんでおめえに行き先告げてから出かけなきゃなんないんだよ。俺のカーチャンかお前は」

「だってあんた、なんか用事あるんじゃないの?」アカネは頭を振り絞って、男を引きとめようとした。「いきなりそんな、どっか行くったって、行っちゃっていいの? 行けんの?」

「行けるよ」男は優しい声で答えた。「もともと用事なんか、俺には何もないんだ」

そうだった。アカネはこの男が、おじいさんと喋っていたことを思い出した。この男は会社をクビになったばかりなのだ。多分こいつは、なーんもやることがないもんだから、人の多い渋谷にでも出ようかって思って、ここにいただけなんだ。

やることないから、渋谷にいる。……アカネと同じだ。

「じゃ、俺はこれで」男はいった。「短い間でしたが、お世話ンなりました。ヨッチィによろしく。じゃあな」

「待って、っていってんじゃん！」アカネは地団太《じだんだ》を踏んだ。「どこ行くのよ、まじで！　新島まで行くつもりなんでしょう！」

「そうだよ」男はあっさり答えた。

「行ってどうすんのよ」アカネは男に詰め寄った。そして小さい声で、「独り占めするつもりなんでしょう。そうでしょう！」

「何を？」男はとぼけた。「何をワタクシは独り占めするのでございましょうか？」

こいつほんとに頭来る、とアカネは思った。だがこのムカツキをこいつにぶつけることはできない、とも思った。自分は新島がどこにあるか知らなくて、でもこいつは知っていて、今こいつから離れてしまえば、もうそれでオシマイだ。だから、取るべき方法はひとつしかない。

「あたしも行く」アカネはいった。「あんたと一緒に新島行く」

「本気か？」男は面白そうに叫んだ。「おめえこそ、なんか用事あるんじゃねえの？　渋谷に用事のある格好だよそれは」

「いいの」アカネはいった。「こっちの方が大事なんだから。あたしも新島に行く」

男はアカネの顔をじっと見た。くるくる巻いた前髪とその髪の複雑な色、目の周りにごてごてくっついた付けまつげだのアイシャドウだの、チークだのリップだので、男が見たい「アカネの顔」を見るのはひどく難しかった。それでも見た。するとなかなか根性の据わった、それでいて可憐《かれん》な、ちょっとだけ寂しそうな感じさえする顔が、見えてきた。

「よし」男はいった。「じゃあ行こう」

アカネは嬉しそうに頷き、すぐに嬉しそうな顔をしてしまったことを悔やんだ。

「でも、もう手遅れかもしれねえぞ」男は続けていった。「あのスーツ着たおっさんが、社長と与太郎を連れてっちまったからな。もうじいさんの観音様の場所だって聞きだしたかもしれねえや。こっちは観音様が新島のどこにあるか、全然判らねえで、ぶっつけ本番で出かけるんだから。大変だぞ」

「判ってる」アカネはいった。「だから超大至急で動かないと駄目じゃん」

「そうだ」

男はそういって、周囲を見渡した。東京は渋谷以外、全部海に沈んだのかってくらい、そこには人間がぎゅうぎゅう詰めになっていた。

「しかしなあ」男は腰に手を当て、ため息をついた。「とりあえずこの渋谷から、出られるかどうかも判らねえや」

「おや」

徳丸社長が電話を終えて振り返ると、呆れたことに、剣菱はまだ真後ろで背伸びをしたり身体を揺らしたりしていた。

「まだいらしたんですか」

「どうでしたか」剣菱は得意の作り笑いを顔に貼り付けていった。「病院は判りましたか」

「判りました」社長は答えた。「芝《しば》のＪＫ病院だそうです。これから向かいます」

「それで、あの」

「いろいろお世話になりました」まったくお世話になってないことを承知した上で、社長はいった。「もう大丈夫ですので。有難うございました」だから消えてくれませんか、という意味だ。

「いやー良かったですねえ」剣菱はいった。「僕もね、人のお役に立てたかと思うと、気持ちがいいですよ」

「はあ」何いってんだこいつ。

「ところで、さっきの話の続きですが」剣菱はいった。「あのおじいさんは、どちらにお住まいなんですか」

「は？」

「いえ、ですからね、おじいさんがお住まいになっていたのは、どちらなのかと思いまして」

「なんでそんなことを知りたがってるんですか、あなたは」徳丸社長は、とうとういってしまった。「どうもさっきから様子がおかしいですね。変な人たちが後をついてきたり、あなたもずーっとここにいらっしゃるが、何が目的なんですか」

「うわっはっはっはっは！」剣菱はいきなり高笑いした。「いやコリャ一本まいった！うわははははっはっは！」

これほどアカラサマな「笑ってごまかす」というのを、徳丸社長は生まれて初めて見た。相当な厚顔無恥だ。相手にするだけ時間の無駄である。

「まーそーいわずに！　せめて名前だけでも教えてくださいよ、後学のために」などと、まだまだめげずに絡《から》んでくる剣菱を無視して社長は、

「与太郎君、行こう」

と、当然そのへんにいるはずの与太郎に声をかけた。

「与太郎君？」

いない。

「あれ？　与太郎君？」

いないじゃないか。

徳丸社長ははっとして剣菱を見た。と、剣菱も同じように周囲をきょろきょろ探している。

「あんたっ」社長は剣菱に摑みかからんばかりの勢いで怒鳴った。「あんたど、ど、どこへやったんだ、与太郎君を！」

「僕は知りませんよ」剣菱は真剣な表情で答えた。「知るわけないでしょう。ずっとあなたと喋ってたんだから」

それはそうだ。社長はぐっと詰まった。しかし、

「これだけの人ですからね。ちょっとはぐれたんじゃないんですか？」

と剣菱が呑気《のんき》な口調でいっても、もう社長は相手にしなかった。何度も何度もあたりを見る。遠いところは背伸びして見る。ついには大勢の人がいる中で、「与太郎君！　与太郎君！」と叫んでみた。答えはない。汗が噴き出し、頭の中は真っ白になった。

どうしよう、何だか知らないがとんでもないことになったと、おろおろしている社長の肩を、不意に剣菱がゆさぶった。

「おい、いたぞ！」

剣菱はロータリーのタクシー乗り場を指差していた。そこにはタクシーの順番を真面目

に待っている正直な市民が、大蛇のような果てしない行列を作っていたが、その先頭でグレースとフィリップ、それにグレースに腕を掴まれた与太郎が、行列に横入りして無理にタクシーに乗り込もうと、ようやく順番の回ってきたほかの人々と怒鳴りあいをしているところだった。

私たちは全然関係ありません、といってフィリップがグレースの手を引いて歩道橋に、用もないのに上がっていったあと、グレースが足を止めた。

「どうした」

「どこへいらっしゃるの?」グレースはいった。「セルリアンタワーのセレクトショップにいらっしゃるなら、今はボリビアチョコレートのフェアをやっているはずですわ」

「ボリビアチョコレートなんか、どうだっていいさ」フィリップは興奮をおさえながらいった。「あんな連中に関わって、とんだ侮辱を受けた。まったく平民というのは許しがたい」

「おっしゃる通りですわ」グレースはいった。「品のない人間どもに混ざって、私たちまで浅ましい真似をするわけにはいきませんものね」

「まったくだよ」

「だいたい、あの安っぽいスーツを着た男の方は、まったく何の関係もないわけでしょう？」グレースはそういいながら、歩道橋の下へ目をやっていた。「それなのにあのお二人を連れまわしたりして、本当に野蛮《やばん》な方ですわね」

「おまけに我々を侮辱した」

「それにあの、なんとかいう社長さんだって、別にあのおじいさんの親類というわけでもなさそうじゃありませんか」

「ありゃ零細企業の社長だ」フィリップは吐き捨てるようにいった。「職人だよ。腕で稼ぐのなんのといったって、結局は金がなけりゃ、何にもできない連中だね」

「つまり」グレースは歩道橋の下から目を離さずにいった。「あそこにいる三人のうち、おじいさんの親類は、あの与太郎とかいう若い男の方だけ、ということになりますわね」

「そうだね」フィリップは答えた。「だけど、ありゃ何だい？　自分のおじいさんが救急車で運ばれたっていうのに、さっきからひと言も喋らないじゃないか。口も半分開きっぱなしだし、もしかしたらちょっと抜けてるのかもしれんな」

「直接お尋《たず》ねになったらいかが？」グレースはいった。「あそこにおりますから。お一人で」

フィリップはそこでようやく、グレースの視線の先を追った。そこには背中を向けて電話をかけているらしい徳丸社長と、その背中につきまとって、飛んだり跳ねたりしている剣菱、そして一人で取り残されて、ただ周囲の人の多さにおびえたように、下唇に指を当てて目を見開いている与太郎がいた。

フィリップはその姿を凝視した。グレースも黙って見つめていた。そして同じことを考えていた。

（あいつなら、きっとおじいさまの作ったという、観音様のありかを知っている……）

（観音様のありかさえ判れば、「金のなる木」も見つけられる……）

（「金のなる木」を見つけさえすれば、私たちは……）

いきなりフィリップが今来た階段を駆け下り、グレースが続いた。周囲にひしめいている「平民」なんか、突き飛ばしたって構わない。あっという間に二人は、びっくり顔の与太郎に近づいた。

「君、君」フィリップは人ごみの陰に隠れて、与太郎に向かってこっそり手招きした。

「君、ちょっと」

与太郎はそんな気味の悪い二人組になんか、近寄りたくもなかった。ただ下唇に指をあてたまま、二人を見つめていた。

「君、与太郎君。ちょっとこっちへ来なさい」

与太郎は身じろぎもしなかった。

「いいから、こっちへ来なさいって」

じれったくなって声の大きくなりそうなフィリップを、グレースが手で制した。そして、

「与太郎君、与太郎君。おじいちゃんに会いたくない？」

与太郎は、おじいちゃんと聞いてハッとした表情になった。

「私たちがおじいちゃんに会わせてあげる」グレースはフィリップと一緒に、少しずつ与太郎に近寄っていった。「ね？　おじいちゃん。頭が良くって、発明家のおじいちゃん」

「おじさんがいいところへ連れてってあげよう」

まるっきり人さらいの言い草だ。実際この優雅な二人は、与太郎をさらおうとしていたわけだけど。

「おじいちゃんを知ってますか」

与太郎は初めて口をきいた。意外としっかりした、でもどこか危なっかしい口調だった。

「知ってる、知ってる」フィリップがいった。「知ってるとも。おじさんたちはおじいさんを尊敬しているんだ。さあ、すぐに行こう」

「でも」与太郎は背中を向けている社長の方を、ちらっと振り返ってからいった。「僕、社長にいっておかないと」

「社長は忙しいんだよ」フィリップは与太郎の肩に手を回していった。「とっても忙しいんだ。そして僕たちは、ほら、すぐに出かけなきゃいけない」

「社長さんには、あとで電話すればいいでしょう?」そういってグレースは、自分の最新式の携帯電話をハンドバッグから取り出して、与太郎に見せた。「社長さんだって、与太郎君がおじいさんに会えたって判ったら、きっとお喜びになるわよ」

「でも。でも」

「いいからいいから」フィリップは与太郎をどんどん徳丸社長と剣菱から引き離し、タクシー乗り場へ向かっていった。「なんなら、ホラ、いったんおじいさんに会って、それからまた、ここへ帰ってくればいい。そうだろう?」

「うん……」そういいながらも与太郎は不安そうだ。

「素敵な作業服ねえ」グレースはフィリップと一緒に、与太郎の背中を押して歩きながら、お世辞でごまかそうとした。「きっと上等の作業服なんでしょうね。お幾らくらいなのかしら?」

なんのかんのいいながら、グレースとフィリップは無理やり与太郎をタクシー乗り場まで連れて行った。もちろんそこは黒山の人だかりで、もう二時間近くもタクシーが来るのを待っているイライラした行列で、空気が張り詰めていた。しかしグレースもフィリップも、そんな空気を感じ取れるような人間ではなかった。平民の作る行列など我々には無縁《むえん》だといわんばかりに、二人は与太郎の両脇を抱えるようにして、列の先頭に割り込んだ。

「おいちょっと！」行列の先頭の男が叫んだ。「何やってんだ。並ばなきゃ駄目じゃないか！」

「そうよ！」次に並んでいた女も叫んだ。「何考えてんの！」

そこへタクシーが来た。二人が与太郎を連れて乗り込もうとするのを、先頭の男が制止した。

「冗談じゃねえよ、後ろに並べ！」

「うるさいわね！」グレースが対抗した。「こっちは急用なの！」

「こっちだって急用じゃボケ」男はフィリップの肩を摑んだ。「今すぐ本社へ行かなきゃ、部長に殺されるんじゃ」

「じゃ殺されろ！」フィリップは肩にかかった男の手を振り払った。

「やんのかテメエラ」

「この平民が！」

「おい、いたぞ！」

剣菱が叫んだのはこのときだった。しかし次の瞬間、グレースとフィリップは男を突き飛ばして与太郎をタクシーに乗せ、自分たちも乗り込んで、ドアを閉めた。

剣菱と徳丸社長がそこへ駆けつけたとき、タクシーはもう走り出していた。グレースたちに突き飛ばされた男は、ひでえ目にあったとこぼしながら立ち上がり、続いてやってきたタクシーに乗ろうとした。ところが今度は、男二人にまたしても突き飛ばされた。

剣菱は社長を車内に引きずり込むようにして、ドアを閉めさせると、運転手に向かって叫んだ。

「あの車を、追え！」

四、安全運転を心がけましょう

ばんばんばんばん！

剣菱が徳丸社長を引きずりこんだタクシーの窓を乱暴に叩く音がして、二人とタクシーの運転手はそっちを見た。

「ふざけんな！」

今すぐ本社に行かなきゃ部長に殺されるんじゃ、とグレースとフィリップに怒鳴ったサラリーマンが、顔を赤くして、いや赤いのを通り越してレンガ色にして怒り狂っていた。

「降りろテメエラ！　俺らが何十分並んでタクシー待っとったと思うとるんじゃ。このタクシーは俺のもんじゃ！」

「運転手」剣菱はいった。「構わないから今すぐ出しなさい」

「だけどお客さん」やせた中年の運転手はおろおろと答えた。「あんなに怒ってるんだから」

「私が構わないといってるんだ、この私が！」剣菱は偉《えら》そうに叫んだ。

「でも。でも」

「あのクルマに乗っているのは誘拐《ゆうかい》犯だぞ」剣菱は厳しい口調でいった。「すぐに追いかけないと、いたいけな子供がどこかに連れ去られてしまうぞ！」

「それ、ほんとですか」運転手はおたおたしつつも、同じくらい狼狽《ろうばい》している様子の徳丸社長を見た。

「何がなんだか、私にはさっぱり……」徳丸は前のタクシーを見ては心配し、かたわらの剣菱を見ては眉をひそめ、忙しく表情を変えながらいった。「でも、それはそうなんです。あのクルマにうちの社員がですね」

「あけろー！」サラリーマンがばんばんばんばん窓を叩きながら叫んでいた。「の、せ、ろー!!」

「早く動かないと、窓ガラスを叩き壊されるぞ！」剣菱は叫んだ。「正義のために走れ！」

「そんなことといったって」運転手は前を見たり後ろを見たり。「だいいち、まだ前のクルマも動いてませんよ」

それはそうだった。グレースとフィリップが与太郎を連れ込んで乗り込んだタクシーは、ちょっと前へ出ただけで、発進してはいなかった。中ではこっちの車内と同様、何やらもめている様子だった。

「どちら行きましょう」

フィリップ、与太郎、グレースの順番で乗ってきた三人組に、筋肉質の新人運転手は元気よく尋ねた。

「あなた」グレースは息が荒くなるのをこらえながら、鼻の穴を膨《ふく》らませていった。「どちら行きましょうって、おっしゃってるわよ」

「うむ」フィリップも犯罪者が現在犯罪中、といった顔つきで答え、与太郎を肘《ひじ》でつっついた。「君。早くいいなさい」

「何をですか？」与太郎は目を丸くしてフィリップを見た。

「何をって」フィリップは汗だくだった。「おじいさんのいるところに決まってるじゃないか。早くいいなさい」

「じいちゃんがどこにいるか、僕知りません」与太郎はそういって、目を潤《うる》ませた。「じいちゃんは救急車で運ばれたって、僕聞きました」

「そうじゃないんだ」フィリップは嘘をついた。「そうじゃないんだよ。君のおじいさんは、救急車でなんか運ばれてないんだ」でもどういえばいいか、とっさのことすぎて判らない。

「どちらですか」

新人運転手は早くも後部座席に不穏なものを感じつつ、まだ少しだけ様子を見ようと思いながらいった。

「じゃあ、じいちゃんはどこにいるんですか？」与太郎の声には、素直さと不安が露骨《ろこつ》にあらわれていた。

「どこって、君。与太郎君」フィリップは汗をだらだらかき、必死で真っ白になった頭を使って、うまい嘘をひねりだそうとした。「それは君の方が詳しいじゃないか。ははははは」でも何にもひねりだせなかった。

「僕は詳しくありません」与太郎はもじもじし始めた。「いったいお二人は、どこのどなた……」

「観音様よ！」

二人はどこのどなたなんですかという、与太郎のもっとも至極な質問を運転手に聞かれまいとして、いきなりグレースが見事な嘘を思いついた。

「おじいさまは観音様のあるところにいらっしゃるの」

「そうそう。そうだ。観音様のあるところだった」フィリップはグレースの名案に助けられて、心の底から安堵《あんど》した。「運転手さん。観音様のあるところまで」

「そりゃどこのことですか」新人運転手は呆れていった。「浅草《あさくさ》のことですか。大船《おおふな》のことですか。中禅寺《ちゅうぜんじ》の立木《たちき》観音、東京湾観音、観音様なんて日本国中掃《は》いて捨てるほど」

「観音様のところ？」与太郎はびっくりしてグレースを見た。「じゃ、じいちゃんはまだ、式根《しきね》にいるんですか」

「運転手さん」グレースは即座にいった。「シキネまで」

「どこですかそれは」新人運転手は、先週まで某デパートのトラック運転手で、どっちかというと本当は気の荒いほうだった。「どこにあるんすか、シキネって」

「あなたそれでもタクシーの運転手ですか」グレースは後ろめたさをごまかすために虚勢を張った。「こちらがはっきりシキネといってるんですから、ただちにシキネに行きなさい」

「知らないっすよシキネなんてとこ。どこなんすか」

ぶつぶついいながら新人運転手は、カーナビに「し、き、ね」と入力した。

「あー」新人運転手はカーナビのディスプレイを覗き込んだ。「静岡《しずおか》県の下田《しもだ》ですか。判りました」

そういって、もう違っても知らねーよとクルマを出しかけると、与太郎がいった。

「式根は静岡県ではありません」

新人運転手はクルマを止め、グレースとフィリップは与太郎を凝視した。

「式根は東京都新島村です」

「おい、おい」新人運転手は小さな声でいった。「そりゃ知らないわけだよ。新島じゃー知らないよ、俺ら『本土』の運転手はさ。行かれないもん。なんせ道が通ってねえから」

「判った」

フィリップはグレースとともに、一瞬言葉を失っていたが、すぐに頭を働かした。

「それなら簡単だ。竹芝桟橋《たけしばさんばし》まで行ってくれ」

この時のフィリップは冴《さ》えていた。与太郎の口から「東京都新島村」と聞いて、すぐさま伊豆《いず》七島を思い浮かべることができたのだ。そうか、あのじいさんは伊豆諸島の出身なのか！　伊豆諸島↓船でしか行かれないところ↓竹芝からフェリー、というざっくりした行程が、フィリップの頭に瞬時に浮かんだのだった。ただし彼の知識の中には、伊豆七島の中に果たして「シキネ」なる島があるのかどうか、それは島の名前なのか、それともどこかの島の中の地名なのか、そういう情報はまったくなかった。

「あいよ」

新人運転手は後ろの三人の人間関係をいぶかりつつも、ハンドルをぐいっと左に切って、六本木通りに入った。行き先が決まれば、そこへ行くだけだ。後ろがどんな三人組だろうと、こっちゃあ知らないね。

徳丸社長は前のタクシーが動いてないと見るや、ドアを開けて表に出ようとした。当たり前である。タクシーなんかで追いかける必要はない。止まってるんだから歩いて与太郎を救出すればいいのだ。

ところが運悪く社長の側のドアには、本社に行かないと部長に殺されるサラリーマンが、半狂乱になって張り付いていた。

「開けるな!」剣菱はとっさに叫んだ。「タクシーを取られる!」

「取られたっていいじゃないか!」社長は負けずに怒鳴り返した。「目の前にクルマは止まってるんだぞ!」

「馬鹿! このタクシーを取られたら……」

あいつらの行き先が判らなくなるじゃないか。判らなくなったら金が手に入らなくなるじゃないか、といいかけて、剣菱は慌ててその言葉を、ンゴクッ、と呑みこんだ。

欲得ずくでこんなことをしてるんじゃない、あくまでも不正を正すため、あなたを助けるためなんだというスタンスを忘れてはいけない。それを口走ればこいつもきっと、「金のなる木」の利権に食いついてくるに違いないんだから。

徳丸社長はしかし剣菱など相手にしていなかった。サラリーマンが張り付いているドアを開けようとする。ばんばんばんばんばん！　「あ、け、ろー！」サラリーマンも頭に血が上っているから、中からわざわざ開けようとしていることに気がつかないで、ドアから離れず社長の邪魔をする。剣菱は社長をはがいじめにして、

「いやそうじゃなくてですね。こんなところでドアを開けたら、あんたも私もあの猛獣《もうじゅう》に食い殺されちゃうから」

と、サファリパークの添乗員みたいなことをいって思いとどまらそうとするけれども、社長だって馬鹿じゃないから聞く耳を持たない。とにかくこの降ってわいた不条理な災難から与太郎を助け出し、とっととこの場を離れるのが先決だ。

すると剣菱にとってはこのうえない幸運なタイミングで、前のタクシーが走り出し、六本木通りに入っていった。

「動いたっ」剣菱は前のタクシーを指差して、ドラマチックに絶叫した。「あの、あのクルマを、追えーっ」

社長に負けず劣《おと》らず災難に巻き込まれた思いの運転手は、後部座席が騒ぎでぐらんぐらん揺れ続けるよりは、そしてまた猛獣サラリーマンにドアを傷だらけにされるよりはと、

慌ててアクセルを踏んだ。

それと殆んど同時に、べごっ、という音がして、タクシーの天井が三人に数センチほど迫ってきた。

「おい」剣菱は天井を見上げた。「おい、あいつまさか、屋根にしがみついてるんじゃないか？」

剣菱のいう通りだった。サラリーマンは長時間待たされてやっと自分の番が来たというのに目の前で横取りされたタクシーへの執着と、部長に殺される恐怖、それに何をやってもうまくいかない自分の人生に対する屈辱《くつじょく》感がないまぜとなって、ほぼ完璧に理性を失い、まったく猛獣のごとく咆哮《ほうこう》しながらボンネットに足をかけてそのまま屋根に両手両足でしがみついてきたのである。

「ぐがー！」サラリーマンは走り出したタクシーの屋根で叫んだ。「こりゃワシのじゃ！」

「おい運転手」剣菱は後部座席から身を乗り出していった。「止めるな。走れ」

「冗談いっちゃいけないよ」運転手は速度を落とし、路肩にハンドルを向けた。「このまま走ったら俺、即免停だよ」

「止まったら見失う」

そういうと剣菱は、背広の内ポケットをまさぐった。そこには百万円が入った白い封筒があった。剣菱はそこから一万円札を無造作《むぞうさ》に五枚か六枚抜き出し、運転手に突き出した。

「ほらこれ。とっとけ。いーからとっとけ」

本当だったらそれは、万年与党の代議士先生に渡すつもりだったものだ。本当だったら。電車がまっとうに動いていたら！　でも今、電車はすっかり止まっている。まっとうに賄賂《わいろ》を渡すことはもうできない。こういう風に使うほうが、用途として合理的である。

しかし運転手はごく庶民的な、というより常識的な判断を下した。

「免停になったら、とてもそんなんじゃ足りないよ」

そしてタクシーのスピードをますますゆるめた。

「いかん！」

そう叫んだ剣菱、やにわに窓ガラスを開けると、そこから上半身を出し、屋根にいるサラリーマンに向かっていくではないか。

「何やってんですかあんた！」徳丸社長はぎょっとして、思わず剣菱の太ももをつかんで引きずりおろそうとした。

「はなせ！」上から声がした。「危ないじゃないか！」

「危ないのはどっちだ阿呆《あほう》！」

社長はしばらく、暴れ馬のように激しく動く剣菱の下半身にしがみついていたが、数秒後、再び車内に入ろうとした剣菱の膝《ひざ》に頬を蹴《け》られた。「いててててて」「運転手！」剣菱の顔は真っ赤だった。「もう上には誰もいない。全速力であのクルマを追うんだ！」

剣菱がそういっているあいだに、後部ガラスからサラリーマンの足がずるずると落ちてきて、次いでネクタイを締《し》めた胴体が、パンチを食らって目の周りに派手な痣《あざ》のできてる顔が、最後にバンザイの形になってる両手があらわれ、その順番にトランクからバンパー方面へと消えていった。

それをバックミラーで確認した運転手がどうしたかというと、

「了解」

納得してアクセルを踏んだ。

渋谷から竹芝桟橋までクルマで行くのは簡単だ。六本木通りをまっすぐ行って六本木の交差点を右折して、国道３１９号線をまっすぐ行けば芝公園《しばこうえん》、左に入ってちょこっと日比谷《ひびや》通りを使って増上寺《ぞうじょうじ》の前の大門《だいもん》通りから浜松町《はままつちょう》、まっすぐ行って竹芝通り、その突き当たりは海である。つまり到着である。所要時間約二十五分。たいていの日であれば。

ところがこの日は並たいていの日ではなかった。何しろ東京都内のＪＲが半分以上も運行停止の状態なのだ。電車が動かなければ人はもちろんクルマで移動する。この時東京二十三区内の主要な道路はどこもかしこも大渋滞だった。ただでさえ混雑する六本木通りなんてメイン・ストリートはましてそうだ。グレースとフィリップと与太郎を乗せたタクシーは、通りに出て二分もしないうちに見渡す限りのクルマの行列に巻き込まれた。

「運転手さんっ」グレースがいらいらして叫んだ。「何とかならないの！」

「まーなりませんねえ」新人運転手はガムを嚙《か》みながら答えた。「今日は朝から、ずーっとこんな感じですよ」

「裏道があるだろう裏道が」フィリップも気が気でなかった。「こっちは急いでいるんだよ。何とかしてくれないか」

「裏道なんてありませんよ」運転手は答えた。「嘘だと思ったら見てくださいよ、右にも左にも入ってく道なんてないでしょう。こっちも最短の道選んでんでね！」

気の荒そうな「一般庶民」に苛立《いらだ》った声を出されて、根が気弱な夫婦は内心この運転手に軽蔑《けいべつ》と無教養を感じつつも押し黙った。するとその沈黙は、二人に猛烈な後ろめたさと恐怖を突きつけてきた。自分たちは人さらいだ。縁もゆかりもない人を一人、勝手に連れ去ってしまったのだ。

「与太郎君」フィリップはできるだけ優しい声でいった。「君、真ん中にいてきつくないかい？　息苦しいだろう？」

「僕大丈夫です」与太郎は答えた。「お気遣《きづか》いいただいて、有難うございます」

「あなた、おいくつ？」グレースが尋ねた。

「僕二十一です」与太郎はそういってから、グレースを見た。「今度の十一月に、二十二になります」

「そうなの」

全然話がふくらまない。グレースはこんな身分の低そうな少年には、特に興味はないのだった。

「僕心配です」与太郎はいった。「じいちゃんは大丈夫なんでしょうか。どうして式根にいるんですか。僕とあそこで、待ち合わせをしていたのに」

「それがね」フィリップが答えた。「おじいさんは今日になって、ちょっと身体の具合が悪くなっちゃったんだよ。だから式根を出られなかったんだ」

「それは本当のことですか」与太郎はフィリップを真ん丸い目をして見つめた。「どこが悪いんですか？　僕とても心配です」

「大したことはないんだよ」フィリップは答えた。「この暑さだろ。ちょっと疲れただけだよ、きっと」

ほんの少しでも本当のことを嘘に混ぜることで、フィリップはかろうじて自分を正当化することができた。どうも苦手だこの少年、と彼は思っていた。この時代に、こんなに澄んだ目で、こんなに人をまっすぐ見つめていいのか？　プライヴァシーの侵害《しんがい》じゃないのか？

「でも、どうして式根にじいちゃんはいるんでしょう」与太郎は繰り返した。「さっきのお話では、じいちゃんは救急車で運ばれたということでしたが」

「ん」フィリップは言葉に詰まった。

「救急車なんて、そんなこといってたかしら？」グレースが話を引き取って、ためしにいってみた。

「ええ、いってました」与太郎は答えた。「じいちゃんはさっきまで渋谷にいて、それで元気がなくなって、倒れて、救急車で運ばれたんだそうです」

「だから都会は駄目なんだ！」フィリップは動揺を隠すために大きな声を出した。「渋谷なんてところは不健康だよ！　人が多くて空気が悪くてごみごみして。気の休まるヒマなんてありゃしない。今日の渋谷は特にそうだ。あの人はこんなところにいちゃいけない。君のおじいさんに必要なのは安らぎだ。綺麗《きれい》なマイナスイオンの空気だ。滝のせせらぎだ」

「式根に滝なんてありません」与太郎はいった。

「とにかく」フィリップはくじけなかった。「おじいさんは静養のために式根に戻ったんだ」

「どうやって？」与太郎はびっくりした。「さっきまで渋谷にいて、どうやって今日、式根に戻れるんですか？」

「いや、だからね」

そこまでいってフィリップは、そしてグレースも、完全に言葉がなくなってしまった。矢継ぎ早にその場しのぎの嘘ばかりついて、嘘がどん詰まりに行き着いたのだ。

与太郎は別に自分が彼らを追い詰めたとも思っていない様子で、相変わらずつぶらな瞳でフィリップの答えを待っていた。

「それはだね」フィリップが目を据わらせたまま答えた。「それはそういうものを、おじいさんが発明したからだ」

その言葉を聞いてグレースは思わず夫の顔を見、与太郎の顔は驚きに輝いた。

「発明！」与太郎は嬉しそうに叫んだ。「じいちゃんは、また新しい発明をしたんですか！」

「そーなんだよ与太郎君」フィリップの目つきは不穏な光を放ったまま、虚空《こくう》を見つめていた。「おじいさんの新しい発明はそれなんだ。渋谷から式根まで、ものの五分で歩いていけてしまうという、画期的な発明なんだよ」

「歩いてですって？」グレースはたまらず口をはさんだ。

「渋谷から島まで、歩いて五分て、あなたそれ、どういうつもりなの？」

「歩いて五分だ！」

フィリップは断定した。断定するよりほかになくなってしまったからだ。

「つまりだな、渋谷を出る。発明品を使って歩く。するとあら不思議、気がついたら式根の駅前に着いているという、そういう発明なんだよ、与太郎君」

「式根に駅はありません」与太郎はいった。「ですから駅前もありません」

「こまかいことはどうだっていい。とにかく式根に今、おじいさんはいるんだ」

「素晴らしいですね」与太郎は嬉しそうにいったが、すぐにキョトンとなった。「でもそれ、どういう発明なんですか？　どういう形をしてるんですか？」

「判らない」フィリップは堂々といった。「おじいさんはその画期的な発明品を、まだ誰にも見せていないんだ。天才の創り出したものが世間に認められるのには時間がかかる」

「あ！」与太郎はそれを聞いて再び大きな笑顔になった。「それはじいちゃんが僕に、よくいっていたことです。じいちゃんの仕事は、世の中になかなか認められない、認めてもらうのには、ひどく時間がかかるんだよっていってました」

「そうだろうそうだろう」フィリップは自分が目をつぶって振ったバットにボールが当たったことに、かえって冷や汗をかいた。

「そうだったんですか」与太郎はにこにこしたままいった。「やっぱりお二人は、じいちゃんの知り合いだったんですね。僕そこがよく判らなくて、ちょっと心配してました」

「そうなのよ」グレースはいった。「私たち、あなたのおじいさまのこと、心から尊敬しておりますのよ」

「ありがとうございます」与太郎はいった。「ところでお二人は、いったいどなたなんですか？」

グレースとフィリップは凍《こお》りついた。これまでさんざん、でたらめなことをいい続けていたが、自分たちが何者かという嘘は、何の用意もしていなかったからだ。

「僕たち？」フィリップはまたしても汗びっしょりになって答えた。「僕たちはね……」

次の瞬間、フィリップは、

「ああーッ！」

と叫んでグレースの側の窓ガラスを指差した。

徳丸社長がドアを開けようとしているところだった。

当たり前すぎる話だ。クルマは停まっているのである。その時六本木通りに出ていたすべてのクルマが、動きたくても動けずにいたのだ。誘拐どころの話じゃない。何が「あのクルマを追え！」だ。それでもタクシーはのろのろ、のろのろと動いていて、その時には首都高の高樹《たかぎ》町出入口のあたりに差しかかっていた。外苑西《がいえんにし》通りに入っていくクルマたちとは別に、六本木通りを直進するための道が首都高の真下に延びている。そこでタクシーは排気ガスまみれになって事実上立ち往生していた。徳丸社長は剣菱が政治家の威力だの犯罪者の卑劣だのと、いかにも実のない話を果てしなく喋っているのを聞き流しながら、前のタクシーの様子をうかがっていた。あいだに別のクルマが割り込んできたりして、なかなかよく見えなかったけれど、後部座席に三人いることをまず確認した。それからしばらく注視して、真ん中に座っているのが間違いなく与太郎であると確信すると、あとはこの渋滞がよりひどくなるのを待つばかりだった。そして渋滞はひどくなった。全然動かなくなった。これまで短い時間にずいぶんとこの隣にいる脂性の男に翻弄《ほんろう》され、今や大事な恩人の孫まで連れ去られてしまったが、もう振り回されたり躊躇《ちゅうちょ》したりする必要はどこにもない。徳丸社長はすっとタクシーのドアを開けてクルマだらけの車道に出た。

「あ」自分の演説に酔っていた剣菱は慌てた。「社長！　そんなところに出たら危ない！」だがもう社長はとっくに耳を貸さなくなっていた。一様にイラついているドライバーたちの乗ったクルマの間をぬって、三台ほど前に停まっていたグレース御一行様の乗ったタクシーのドアを、一人の人間として当然持っている「迷惑をかけられたら怒る権利」を行使して開けようとした。ドアは開かなかったが、社長は驚いている様子のグレースをまともに睨みつけることができた。

「ひいっ」グレースの口から、グレースらしからぬ悲鳴があがった。

「どうしました」新人運転手が間髪《かんはつ》をいれず振り返った。そして与太郎が、

「あっ社長だ！」と無邪気に歓声をあげるのを、誰も止められなかった。

「開けてください！」社長は助手席の窓の外から、新人運転手に向かって叫んだ。「後ろのドアを開けてください！」

「お知り合いですか」と新人運転手が訊くと、

「いいえ？」とフィリップがいったのと同時に、

「はい！」と与太郎がいった。与太郎のほうが、はるかに説得力があった。

新人運転手は、すっ、とグレースの側のドアを開いた。同時に社長の腕がグレースの前を通って与太郎の手をつかんだ。

「きゃあっ」グレースは痴漢にあったような声をあげたが、もちろん自分が加害者だということは判っていた。

「与太郎君」徳丸社長はいった。「もう大丈夫だ。帰ろう」

「あなた」フィリップは目を丸くした。「どうしてここに」

「それはこっちの台詞《せりふ》ですよ」社長はフィリップを睨みつけた。「あんたらはどうして、こんなところにいるんですか。与太郎君を連れて」

「じいちゃんが式根にいるそうです」与太郎は澄んだ音楽みたいな声でいった。

「先生は式根になんかいないよ」社長は鋭《するど》い声でそういって、フィリップをさらにきつく睨んだ。「JK病院という大きな病院に運ばれたんだ。さっきそんな話をしてたじゃないか。式根にいるわけがない」

「しかしこの方が」と与太郎はフィリップを指した。「じいちゃんが五分で式根に戻れる何かを、新しく発明したとおっしゃっていました」

「それは嘘だと思う」社長はいった。「この人たちは嘘をついて、君を先生から引き離そうとしているんだ。知らない人を信用しちゃいけない。無理にタクシーに乗せようとする知らない人は、特に信用できない。そうだろ?」

　与太郎はおびえたように、両脇に座っているグレースとフィリップを交互に見た。

「とにかくおいで」社長は辛抱《しんぼう》強くいった。「この人たちといつまでもいると、先生に一生会えなくなるかもしれないぞ」

与太郎は徳丸社長がつかんで離さない手に引かれて、ゆっくりと、ぶるぶる震えているグレースをまたぎこし、車道に出た。

「あんたたちが何者なのか、私は知らない」社長は怒りを抑《おさ》えながらいった。「でもすぐ判るだろう。今はあんたらより、先生の身の安全が心配だ」

そういうと社長は乱暴にドアを閉めた。

とたんに後ろのクルマがクラクションを鳴らした。信号が青になったのだ。新人運転手はグレースとフィリップを乗せたまま、タクシーを動かすほかなかった。

「お客さん」新人運転手は静かにいった。「なんかヤバイ話なんじゃないでしょうね。こっちゃあ、巻き込まれたくないんだけど」

「何でもない」フィリップはがたがた震えながらいった。「君は黙って行き先までクルマを走らせればいいんだ」

「そうはいってもねえ」

新人運転手はこれ見よがしにバックミラーを覗いた。そこには、車道と車道に挟まれた、首都高の真下の狭い路肩を歩く、作業服の二人が小さく映っていた。

フィリップは財布から一万円札を出した。「釣りはいらない。とにかく行ってくれ」

そして同じように震えているグレースにいった。

「これでいい。こっちのほうがいい。目的地はもう判ったんだから」


剣菱の乗ったタクシーは、すぐに徳丸社長と与太郎に追いついた。

「止めてくれ」剣菱は運転手にいい、窓ガラスを開けて社長に声をかけた。

「お見事！」剣菱の声はハツラツとしていた。「与太郎君を救出できましたな！　いやー良かった良かった！　私も手助けをした甲斐《かい》があったというものですよ！」

社長は答えず、剣菱を見もしないで、ひたすら六本木方向に歩き続けた。

「ところであの二人は、どこへ向かってるといってました？」剣菱は構わず、大きな声で尋ねた。「それさえ判れば、もう社長のお手をわずらわせることもありませんので」

社長はキッと剣菱を見据えると、いきなり拳骨《げんこつ》で剣菱の頬をぶん殴《なぐ》った。そして与太郎の手を取ると、目の前に横断歩道があったのを幸い、のろのろだが走り続けるクルマの前をずんずん歩いて反対車線の歩道まで行ってしまった。

「いたたたた」剣菱は殴られた弾《はず》みで後部座席に倒れた。

「大丈夫ですかお客さん」運転手はいった。「どうなってんですかお客さん」

「何でもない。いいから行きなさい」剣菱はいった。

「早くしないと見失うぞ」

「見失うとかそういう問題じゃ……」

「あいつらは誘拐未遂の現行犯じゃないか！」剣菱は運転手を怒鳴りつけた。「今見失ったらこの事件は迷宮入りだぞ！」

運転手は剣菱の剣幕にヘキエキして、しょーがなくアクセルを踏んだ。

グレースとフィリップを乗せたタクシーは六本木ヒルズをなぞるように右折し、剣菱のタクシーも後を追った。この辺りはそもそもJRが通っていないせいなのか、混雑もさほどでない。麻布十番《あざぶじゅうばん》から赤羽橋《あかばねばし》、芝公園を左に見る辺りまで、追走劇はだらだらと順調に続いた。

ところが地下鉄芝公園駅前の信号、日比谷通りに入っていく手前で、タクシーは再びまったく動かない大渋滞に巻き込まれた。

「まったく！」フィリップは悪態をついた。「日本人はこれだから民度が低いというんだ。電車が動かないからってすぐ自動車を使う。エコロジーの観点からいっても大問題だぞこれは」

「あなた」グレースが穏《おだ》やかにいった。「私たちだって今、自動車に乗ってるんですよ。

電車が動かないから」

「これは緊急事態だ」フィリップは思い切り自己を正当化した。「我々の未来がかかってるんだ。こいつら」と周りのトラックや営業車を指差して、「こいつらはただ、日常業務のために移動してるだけじゃないか。あさましい。我々の目的はもっと高邁《こうまい》なんだ」

「それはそうですけれど……」グレースはいった。「私たち、これからどうしますの……？」

「竹芝へ向かう」フィリップはいった。「そこからフェリーで新島に向かうんだ」

「フェリー？」グレースは驚いた。「フェリーって、船の？」

「そうだよ」フィリップは優しく頷いた。「ちょっとしたクルージングの旅にでるのさ。悪くないだろう？」

「それで？」

「新島でシキネという場所を探す」フィリップはいった。「そこには観音様があるというわけさ。そしたら……な？」

新人運転手が聞いているのは明らかだったので、フィリップは言葉を濁《にご》した。

「でも……」グレースは懐疑的だった。「そんなにうまく、いくかしら ね？」

「判らん」フィリップはいった。「これはギャンブルみたいなもんだな。人生のギャンブルだ。男は生涯に一度や二度は、こういうギャンブルに挑まなければならないのだよ」

それはそっくりそのまま、先々月の『BRI男《お》』のコラムに書いてあったことだった。

「そうなのね」グレースは夫の男らしさにうっとりとした。

「ただしそれは、このクルマが竹芝にたどり着ければ、の話だがね」フィリップはまた腹を立てた。これだけ喋っているあいだに、タクシーはぴくりとも動いていなかった。

「運転手」フィリップは心持ち身を乗り出していった。「どうなっているんだ、これは」

「これはですね」新人運転手は馬鹿にしたように答えた。「渋滞っていうより、通行止めですね」

「つつつ通行止め⁉」フィリップは呆《あき》れて叫んだ。「じゃなんでこんなところにいつまでもいるんだ。Uターンしろ、Uターン！」

「止まってんのは日比谷通りだけらしいんすよ」新人運転手はいった。「こっちゃあ、日比谷通りを使うつもりはハナからないからね。ここ直進すっから」

フィリップは身を乗り出して前を見た。すると確かに信号の向こうに、かなり細いが直進できる道がある。

「あれか」フィリップはいった。「あれをまっすぐ行けば、もう竹芝か」

「いや、もうちょっとだね」新人運転手はいった。「あれまっすぐ行くと、JRの線路にぶつかるんすよ。そこ左折して少し行くと浜松町の駅で、駅前に竹芝通りってのがあって、そこ右曲がって」

「よし判った」フィリップはそういって、グレースを見た。「ここで降りよう」

「ここでですの？」

「そうだ。こんな状態では埒《らち》があかない。――運転手、ドアを開けろ」

新人運転手は、さっき一万円貰《もら》っているし、厄介《やっかい》払いができるから、苛立ちをこらえてドアを開けた。

同じくらい苛立ったグレースとフィリップは、そのまま芝公園駅前の交差点へ出た。するとそこには警察官が一人立っていて、その背後の日比谷通りには、驚いたことにクルマが一台も通ってない。その代わりに携帯電話やデジカメを構えた野次馬がびっしり集まっている。

「下がって下がって」警官はグレースとフィリップにいった。「ここから先は行かれないから」

「どうしてですか」グレースはつっかかるように訊いた。「何かあったんですか？」

「いいから下がって」間の悪いことに、この警官はもう同じ質問に何百回も答えていて、いい加減面倒になっていた。「邪魔だから」

本当は「危険だから」といわなければならなかったのだ。グレースとフィリップは、一平凡人にすぎないこの警官に、たちまち反感を覚えた。

「我々だけでも行かせなさい」フィリップはいった。「別に日比谷通りに用があるわけじゃない、ここを渡って、向こう側に行きたいだけなんだ」

「向こう側のどこ行くの」

「え?」といってフィリップが見ると、割烹料理の小さな看板が見える。「どこって、すぐそこだよ。あの料理屋」

「あそこ」警官は振り返って、「どうしても行かないと駄目かい」

「行かないと駄目だよ」

「じゃ、さっと行ってね、さっと」警官は面倒くさそうにいった。「あの先に行ったら駄目だよ。大門通りから竹芝通りも全面封鎖だから」

「判った判った」フィリップはそういうと、グレースとともに横断歩道を渡り、目の前の細い道を進んだ。

もちろん割烹料理なんかに用はない。振り返ると警官は、ほかの野次馬たちの対応に追われて、二人の行方どころではないようだ。これさいわいと二人は、足早にその道をそのまま直進した。

するとあの新人運転手がいっていた通り、鉄柵の向こうにＪＲの線路が見え、道は左に折れていた。曲がるとやや遠くに駅のホームも見えた。あそこを右折すれば、もう竹芝だ。

道には人気が全然なかった。警官の目も、もう届かない。二人はなんとなくお散歩気分で、ゆったり周りの景色を見ながら歩いた。

「どうだろうねえ」フィリップが鉄柵を指差していった。「こんなに大きな穴が開いてるよ。人がくぐりでもしたらどうするんだ。こういうのはすぐに補修すべきだろう。だいたいＪＲというのはね……」

フィリップは言葉を止めた。グレースは、それを怪しみもしなかった。二人はこの時、同じ音を聞いたのである。それは低くてテンポの速い、地震の前触れのような音だった。

「何かしら……」

グレースはそういって、ふと背後を見た。

「うわーっ！」

二人の男が猛烈な勢いでこっちへ走っていた。一人は剣菱、もう一人は、グレースたちには見覚えがない。でも誰かしらなんて思っている暇は、これっぽっちもなかった。彼らがなんで血相を変えてこっちへ走っているのか、二人にはすぐ見えたからだ。

男たちの背後から、真っ黒な牛が猛烈な勢いでこちらへ向かっていた。

五、動物を愛護しましょう

　フィリップは一瞬にして自分がフィリップであることを忘れ、本来の米山権六を丸出しにして、あられもない叫び声をあげた。

「牛だーッ！」

　グレースはものもいわずに3万6750円のワンピースのスカートをたくしあげると、1万5225円のパンプスで竹芝通りに向かって走り出した。フィリップがすぐその後に続き、さっきから逃げていた剣菱ともう一人の男が続いた。そしてその後ろから、推定体重五百キロの真っ黒な牛が鼻息を荒らげながら突進してくる。

「なんで」フィリップはとにかく走りながら呟いた。「なんでこんな東京のど真ん中に、黒い牛がいるんだ！」

　その答えは、日比谷通りを封鎖していた警察官はもちろん知っていたし、その周囲にいた野次馬たちも知っていた。今走っている四人のうちにも、渋谷で駅員か誰かに聞いていた人はいたに違いないが、こんな目にあうまですっかり忘れていたのだ。そもそも東京中のJRが、ほとんど全線運休になっているのはなんでかということを。

この朝、鹿児島県徳之島《とくのしま》から品川プリンスホテルへ連れてこられた十五頭のたけだけしい闘牛たちは、もう我慢の限界に来ていたのである。予算の都合か何かのタイアップか知らないが、彼らはまず船で十一時間かけて鹿児島まで運ばれ、それから空港に連れて行かれ、空港で飛行機に乗せられ、今朝ようやくのことで羽田に到着したのだった。そのあいだ彼らはずーっと狭いコンテナやトラックの荷台のなかに繋《つな》がれっぱなしで、エサと水を与えられるだけで散歩ひとつできないままでいたのだ。牛の持ち主たちはカンカンに怒ったが主催者側は牛のことなんか知らない都会人ばかりだったから相手にしなかった。その結果がこれである。羽田から品川へ向かった家畜運搬車がちょいとしたアクシデントにあって荷台の掛け金がはずれたとたんに怒り心頭に発した牛たちは持ち前の怪力を今こそ発揮せんと次から次へと第一京浜へ走り出て、たまりにたまったストレスと都会人への怒りを思うさま爆発させるべく、車道を走り回るだけではおさまらず、JRの鉄柵を突き破って大暴れを始めたのであった。

その突き破った鉄柵というのが、まさにさきほどグレースとフィリップが通りかかった穴の開いたところだったのであって、二人はまさに今東京中で一番みんなの行きたくないところを、ぷらぷら歩いていたわけだ。その結果二人は、何がなんだか判らないんだけど牛が突進して来たからとにかく一目散に走ってる。

それは後ろから走っている剣菱ともう一人の男も同じことだった。さっき徳丸社長にぶん殴られて与太郎も連れ戻され、一人ぼっちになってしまった剣菱は、今や「金のなる木」を捜し求める唯一の手蔓《てづる》はグレースとフィリップの行く先だけとなった。いかにも心細くてアテにもならなかったが、しかしその二人は目と鼻の先で渋滞の中をのろのろ進んでいるタクシーに乗っているのだから、後を追うのは簡単至極、というわけでその後も二人の乗るタクシーを追い続け、六本木ヒルズを右折して芝公園まで二人の背中から目をそらさずにいたが、日比谷通りの手前で通行止めにあった二人がタクシーを乗り捨てたのを見てすかさず自分も、

「ここで降りる！」

といって徒歩にて追いかけんとした矢先、不意に背後から、

「ぬおう！」

という声がしたかと思ったらいきなり肩を捕まえられたのであった。

「なな何だ」

　振り返るとそこにいたのは、なんと渋谷で本社へ行かなきゃ部長に殺されると叫んでいたサラリーマンではないか。

「あッお前はさっきの！　なんでここに」

「やぁかぁまぁしぃいぃいぃいぃ」

　顔もスーツも真っ黒によごれ、ネクタイは上から五センチを残してあとはちぎれているという凄まじい形相《ぎょうそう》のサラリーマンは、そのまま剣菱の首を絞めにかかった。

「よぉくも俺のタァクゥシィイをぉぉぉぉ！」

「お前、お前」剣菱は首を絞められながら叫んだ。「お前、さっき、俺が」

　そう。確かに剣菱はこの男を、一度ならず二度までもタクシーを目の前で横取りされ、理性を渋谷駅前にすっかり置き捨ててしまい、あろうことか走り出したタクシーの屋根にしがみついたこの男を、剣菱はいわゆる「箱乗り」をしてパンチ一発、六本木通りでノシてやったはずなのだ。後部ガラスからトランクへとずり落ちていったこいつを、剣菱は確かに見たのである。

　ところがこのサラリーマンは凄かった。こいつは、このタクシーのがしてならじとバンパーから道路へ落ちる寸前にナンバープレートにしがみついたまま半ば気を失い、ここまで引きずられて来たのである。まったく理性を失い執着心だけになった人間というのは、驚くべき向こう見ずを平気でやってしまうものだ（なお、このサラリーマンは専門家の指導と特別な訓練を受け、許可を貰ってそういうことをしていました。この小説をお読みの皆さんは決して真似をしないでください）。

「た、く、し、い」サラリーマンは剣菱の首をぐいぐい締めつけながら、目を血走らせていた。

「やめろっ」剣菱が必死の力で突き飛ばすと、サラリーマンは思いのほか力弱くよろよろとアスファルトに尻餅《しりもち》をついた。そりゃそうである。ここまでずっとナンバープレートを握り締めていたんだから、手に力なんか残っちゃいない。

「タクシーだったらそこにあるだろう！」剣菱は首に手を当てながらいった。「それ拾って、とっとと本社にでもどこにでも行って、部長に殺されて来い、馬鹿野郎！」

そういって剣菱はサラリーマンに背を向けて日比谷通り方向へ歩き出した。野次馬だらけでなかなか前進できない上に、グレースとフィリップもどこにいるか判らなくなった。

ああもう駄目だ、あの馬鹿にからまれた隙《すき》に見失ってしまった、チキショウ、じゃ「金のなる木」はみすみすあの、テレビショッピングみたいな服装の二人に持っていかれてしまうのか、どうせあいつらは金など私利私欲のために使うしか能がないに決まってる、俺が手に入れれば国民救済のために使うことができるのだ、国家百年の計なのだと、それでも諦めきれずに首を伸ばして野次馬の肩越しにあちこち見ていると、まさしくテレビショッピングファッションの男女二人が、日比谷通りの横断歩道を走って渡っていくのが見えるではないか。

「いた！」

あれぞまさしくエセセレブ夫婦、今度こそ見失ってはならじと人ごみを掻き分け何人かは突き飛ばし、がらんとした日比谷通りに足を踏み出した。

「あんた！」ついさっきグレースとフィリップを制止した警官が叫んだ。「駄目だよこの道は！　危険だから下がって！」

もとよりそんな言葉に聞く耳を持つ剣菱次太郎ではない。走りながら警官に振り返るとポケットから能率手帳を出して、さもさも警察手帳であるかのように振りかざし、

「捜査中だ、あの二人を追ってるんだ！」

といって二人を追いかけた。警官はそれを聞いて一瞬緊張したが、山のような人だかりを押さえつけるのに必死で、自分の任務じゃないと考えることにした。

だけどその直後にスーツをボロボロにした、どう見ても怪しい男が口の中で何やらうめきながら飛び出してきた。そいつが剣菱の後を追いかけようとしたときには、警官はさすがに、

「おい！　出てきちゃいかんといってるだろう！」

と、強めに叱責《しっせき》した。

するとそのボロボロサラリーマンは、

「うぎごぎぇッ！」

と意味不明な怪鳥の鳴き声みたいな奇声を発すると、その警官に向かって飛びかかってきた。

「気持ちわるッ」

元来気の弱いところのあるその警官は本能的に身体をかわし、ボロボロサラリーマンはその隙に警官の脇を抜けて、剣菱の行った方へと猛スピードで走ったのであった。

このボロボロサラリーマン、理性がすっかり品切れになっているもんだから、自分をこんなにしたのはあの男だとばかりに剣菱をぶん殴ってやらなければ気がすまないと、すぐに起きあがって駆け出したのであったが、もとより後先なんかかえりみていない。ついさっき警官に奇声を発したことも覚えておらず日比谷通りを渡ったこともそこから先に人通りもクルマの行き来もまるっきり途絶えていることも気がついてない。見えているのはにっくき剣菱の小さい後ろ姿だけ。その後ろ姿がしばらくすると、ふっと左に消えた。コノヤロー逃げるつもりだな！　ボロボロサラリーマン（もうめんどくさいから以下略してボロサラね）は腕をめちゃくちゃに振って加速し、剣菱の消えた左方向の小路へ入っていった。

そこがグレースとフィリップが歩いた、JRの線路に沿った道だったわけである。ボロサラが左折すると、意外や剣菱はそこに止まって、ボロサラのほうをじーっと見ていた。

こいつなんで逃げもしないでこんなとこ突っ立ってんだ？　なんてことは、理性とともに知性も失ったボロサラは思いもしない。

「きぃーさぁーまぁー」ボロサラは剣菱に向かってじりじりと近寄っていった。「ここで会ったが百年目、今こそ積年の恨みを晴らしてやるぞう」

百年目って三分前にこいつの胸倉を摑んでいたことも忘れたのか。もしもこのときのボロサラにちょっとでも注意力があれば、剣菱が自分のことを見ているんじゃなく、彼のちょっと脇の方向へ、片時も目をそらさずに汗びっしょりになっていたことに気がついただろう。もちろんボロサラは剣菱の視線の方向なんか気にかけてもいなかった。隙を見計らって飛び掛かってやろうということしか考えていなかった。

「どうしたオヤジ」ボロサラは剣菱に向かっていった。「恐いか。俺が恐いのか」

剣菱は目を剝《む》いたまま何もいわず、ボロサラの右後ろを指差した。

「恐怖のあまり口が利《き》けなくなったな」ボロサラはすっかり豪傑《ごうけつ》気分だった。「ぬはははは。馬鹿めが。俺様をあなどるからこういうことになるのだ。こてんぱんにしてやるから……」

誰かがボロサラの、右の尻をつついている。

「こてんぱんにして」またつつく。「こてんぱんにしてくれるわ」またつつく。「覚悟せい」なんか槍《やり》みたいなとがったものでつつかれてる。「なんだよ、うるさいな」

ボロサラが振り返ると、そこは一面の暗闇《くらやみ》だった。暗闇の中に充血したギョロ目があった。

「ん」

いやそれは暗闇じゃなくて、黒い牛なの。真っ黒で巨大な牛がボロサラのまん前にいて、鋭くて強そうなツノでもって、彼の右尻をつんつんとつついていたのだ。

「あ。あ。きゃ」

目の前にあるものが何であるかを認識すると、ボロサラは思わず少女のような声を出してしまった。

「うわーッ」

自分と牛のあいだに変な男がワンクッション入ったのをさいわい、剣菱は脱兎《だっと》のごとく浜松町方向へ走り出した。

「ま、待てー」

ボロサラは牛と剣菱の背中を交互に見ながら、

「あ。ま、ま」

自分も慌てて後を追いかけた。というか後から走って逃げた。

この牛は徳之島でも将来を嘱望《しょくぼう》されている「柴山建設五号《しばやまけんせつ》」という五歳の若い牛だった。勢いはあるが経験が少ないから、抑制がきかない。目の前に逃げまどう人間がいれば大喜びで突き倒そうと追いかける牛だった。そういうオモチャのような人間が、今目の前に二人もおる。おもしれー、とばかりに「柴山建設五号」は、むがーっと鼻を鳴らすと早速二人に向かって突進した。

「わたっ」とボロサラが叫び、

「助けっつ」と剣菱が叫んだ。人間、本当に追いつめられると、まともな言語は口にできないものである。さっきまで大いに暴力的な関係だったことも忘れ、二人は横並びになって走った。

そしてあっという間に浜松町駅の百メートルほど手前をのんびり歩いていたグレースとフィリップの真後ろまで来たのである。お散歩気分だった妻と夫は一瞬振り返って目を丸くし、グレースとフィリップであることを忘れて男二人と一緒に走り出した。

「牛だーッ！」

と、ここでこの章の冒頭になるわけだ。

牛の目線でいうと、これはオモチャが増えて嬉しい悲鳴というか、突進してツノで突いて空中に放り投げて地面にたたきつけてから踏んづけてモミクチャにしてやる人間がよりどりみどり。ど、れ、に、し、よ、う、か、な。「柴山建設五号」は走りながら四人の人間をちらちら見て、結局選んだのは誰かというと、グレースを選んだ。

なんでかというと、彼女はストールを首に巻いていたからだ。それがブランドもので３万５７００円だなんてことは牛にとってはどうでもよくて、大事なのはそれが彼女が走ることによってひらひらとたなびいていることだった。それはまさしくスペインの闘牛士が牛を誘い出すためにひらひらさせるマントのような刺激を「柴山建設五号」に与えていた。

「んもぉおおおお！」

「柴山建設五号」は雄たけびを上げてグレースに闘志を集中させた。その闘志と集中力はすぐにグレースとフィリップにも伝わってきた。

「きょえぇ」

二人はスピードを上げて疾走《しっそう》した。誰かタイムを計っていたらそれは、ウサイン・ボルトとどっこいか、もしかしたらちょっと速いくらいの世界新記録レヴェルだったに違いなかった。その驚異的な速さで二人は浜松町駅前にたどり着き、竹芝通りを右に切れた。牛も当然二人を追って右へ曲がったが、なんせ体重はあるし四本足だもんだから、どうしてもカーブするときには大きくふくらんでしまう。これで少し二人とのあいだには距離ができた。このまままっすぐ海へ向かって走り抜ければ、突き当たりは竹芝桟橋である。あと数百メートルで到着だ。がんばれ、欲張り夫婦！

しかもこの竹芝通りには、さすがに警察官や消防隊員、それに万が一の場合に備えて召集された東京在住の麻酔銃を構えた猟友会のメンバーたち、合わせて数十名が牛はどこだ牛はと捜索を続けていたのであるから、彼らは自分の身を自分でだけ守る必要も、もはやなくなったのだった。しかし逃げることに必死の二人はそんなことに気がつかない。二人はただひたすら走りに走った。そして牛もグレースだけを目標に突進を続けていた。警官たちはその凄まじいスピードに遅れをとった。

いったん開いた距離を、「柴山建設五号」はみるみる縮《ちぢ》めてきた。フィリップはグレースよりも一歩遅れて走っていた。すると牛がしばしば、自分を追い越すように首を伸ばし、グレースのストールに食いつこうとしているのに気がついた。

フィリップは走りながらグレースのストールに必死で手を伸ばし、それを妻の首回りからひっぺがそうとした。

「何するの！」グレースは走りながら夫に叫んだ。

「それを取れ！」フィリップが妻に向かって命令口調で何かいうのは、これが初めてだった。「取ってどっか、放り投げるんだ！」

「冗談じゃないわよ！」グレースは夫を罵《ののし》った。「いくらしたと思ってんの、これ！」

フィリップは妻に、牛はそのストールを狙《ねら》ってるんだ、今すぐそれを首からはずさないとえらいことになる、値段のことなんていってる場合か！　と、いわなければならなかった。だが、もちろん、それをすっかり言葉に整理してグレースに伝えるだけの体力も知力も、中学二年生の運動会以来という全速力で走っているフィリップには、ちーとも残ってはいなかった。だから伝えるべきことを、極限まで単純化させて彼は叫んだ。

「馬鹿！」

「馬鹿ですって⁉」グレースは陸上競技選手のように両腕を振りながら夫を睨んだ。……妻には伝わらなかったようである。そうこうしているうちに、事態はいよいよ悪化してきた。牛が増えたのだ。

「柴山建設五号」は家畜運搬車から逃げ出してこのあたりをうろついていた唯一の牛ではなかったし、ＪＲの鉄柵に大穴を開けた牛ですらなかった。狭いトラックを飛び出した牛たちは、人間どもの目をのがれて、さっきのＪＲの沿道みたいな小路やビルのあいだに潜《ひそ》んでいた。そういうのが浜松町界隈《かいわい》に何頭もいたのである。退屈しかけていたところへ若い牛が走り出した足音を聞いて、近所で生ごみを食べていた「徳之島グランドホテル一号」がやってきた。線路を蹴って遊んでいた「豪快武蔵号」も、駐車してあった自動車を相手に相撲の稽古《けいこ》をしていた「アイラブミコ号」も、竹芝通りの面白げな追いかけっこに参加した。それをさらに追いかける警官たち猟友会たち消防隊員たちが加わり、パトカーや消防車はサイレンを鳴らして走ってくる報道陣までカメラを構えて併走する、あっという間に竹芝通りには上空から見るとグレースとフィリップを頂点とした、群集と牛の作る細長い二等辺三角形が作られた。

そしてその中には剣菱とボロサラもまだいて、一緒になって走っていたのである。二人とも牛の標的になるのを免《まぬが》れたんだからひと息ついてもいいはずなのに、剣菱は彼らを見失っては一大事としか考えることができず、ボロサラは考えも何もなしにただ突っ走っていた。

パニック牛祭りとでもいうべきありさまの、望まずして主役となったグレースとフィリップは、自分らが騒ぎの頂点にいるなどとは露《つゆ》知らず、ただ背後に聞こえる足音がいよいよ激しく大きく轟《とどろ》いてきたのが恐ろしくて、どこに隠し持っていたんだというような脚力でアスファルトに土煙をたてながら走っていた。彼らを追いかける牛たちの中では「柴山建設五号」が依然トップをキープしていて、グレースのストールを食いちぎってやろうとしている。フィリップはそれを横に見ながら気が気でない。このまま高価だからといって妻がストールを首に巻き続けていたら生命の危機である。フィリップにとっても優雅なアフリカンデザインのストールは粗末にできないものではあったが、生命の危機には替えられない、走りながら歯を食いしばって妻と牛のあいだに手を伸ばし、ストールを留めてある大柄な安全ピン（これだって代官山《だいかんやま》のセレクトショップで買った７５００円の純銀製だ）を開いた。

「何するのッ」

不意に首の周りが涼しくなったグレースがフィリップを睨みつけ、ついで振り返って見ると、首からはずれたストールはそのまま「柴山建設五号」の顔の前で広がり、牛はもんどりを打って地面に横倒しになったかと思うと、邪魔くさいストールをツノと前足と歯で引き千切《ちぎ》りぐっしゃぐしゃにしてしまった。倒れた牛に警官や消防隊員が群がった。

事情をさとったグレースは恐怖に丸く広がった目をフィリップに向け、一瞬速度を落としたけれど、背後からはまだまだ牛がやってくる。前に向き直るとそこはもう竹芝埠頭《ふとう》公園前の交差点だ。

「あっち！」

フィリップが指差した右の建物に二人は駆け込んだ。そこにはでっかく、

「竹芝客船ターミナル」

と書いてある。そこがこのシュールレアリスムな追いかけっこのゴールだった。

当然のことながら闘牛大量脱走の影響は、ここ竹芝桟橋にも甚大《じんだい》な被害となってあらわれていた。牛こそ飛び込んで来てはいないものの厳重な交通規制区域の対象となって、伊豆諸島へ向かう客船のチケットを持っている人たちのうち、半分もここへたどり着けないでいた。

しかし船会社は、船を欠航にはしなかった。伊豆諸島へ向かう船というのは、単なる観光遊覧のためだけにあるのではない。それは物資の輸送や人間の往来を支える、極めて重要な足である。出航地には問題があるが海は凪《な》いでいる。天候もいい。難関を乗り越えてようやくこのターミナルにたどり着き、出航を待っている地元住民や観光客だってすでに大勢いて、彼らにしてみればむしろ一刻も早くこんな闘牛のうろつくところからは出て安全な場所に向かいたいとヤキモキしていたのだった。

そこへ血相を変えた人間が二人飛び込んできたんだから、その場にいた何十人かはぎょ

っとしていっせいに彼らを見た。グレースもフィリップも汗びっしょりになって、肩で息をしている。高価な服は汗染みだらけである。

ターミナルの外はサイレンがやかましかった。必死で逃げていたときには追走するだけで何の役にも立たなかった警官たちは、ここへ来てようやく闘牛捕獲《ほかく》に成功しつつある様子だった。

「あなた」

ゼエゼエいう息のあいだから、グレースがいった。

「ディアノラ・サルビアティーのストールが、ぼろきれになってしまいましたわ」

「すまない」フィリップの息も荒かった。「あと何度かは、使えたろうね、あれ」

「あなたがはずしたからよ」グレースがいった。「あなたがピンをはずしたせいで、ストールがぼろきれになってしまったの」

「そうなんだ。でもね……」

「そうやって、私の命を救ってくれたのね」グレースはそういうと、フィリップにひしと抱きついた。「ごめんなさい。馬鹿な私を許して」

「よかった、無事で」フィリップは答えた。「僕たちは奇跡的に助かったんだ。やはり選ばれた人間同士なんだね」

このとき二人は、本心からお互いへの愛情を確かめ合っていた。でもそんな場合でさえ彼らは、どうしようもなく芝居がかってて、傲慢だった。

「さあ、涙をお拭き」フィリップは胸ポケットのチーフを出して、グレースに渡した。

「これからが冒険の始まりなのだから」もっとも、グレースは別に泣いているわけではなかった。

「そうね」それなのにグレースは、渡されたチーフで目頭をおさえた。「こんな恐ろしい目にあって、なおかつここまで来られたのは、きっと私たちのしていることが正しいと、運命の神様がお認めになった証拠だわ」

「さあ、海へ出よう」フィリップはそういってグレースの肩を抱き、切符売り場に向かって手を伸ばした。「無限の可能性が広がる海へ」

グレースが頷き、周囲の客たちが、こいつら頭おかしいんじゃねえかという目で見ている中、二人は一歩を踏み出した。

そして二歩目で歩みを止めてしまった。

切符売り場の行列の前の方に、さっき渋谷で見かけた男女が立っているのが見えたのだ。それはギャル社長志望ギャルのアカネと、若い男だった。

グレースとフィリップ、それに後から入ってきた剣菱は、三人ともその姿を見てぎょっとした。

なんで？

私たちがこれほどまでに苦労を重ねて、ようやくたどり着いたここに、何の情報もないはずの彼らが、しれっといるわけ？　汗ひとつかかず、誰からも殴られていない感じで！

またしても時間が戻る。今度はずいぶん戻る。まだ全員が渋谷にいて、グレース、フィリップ、剣菱が、ようやくタクシーに乗り込んだあたりまで。

彼らが何百人と並んでいた行列を完全無視してタクシーを強奪したときには、ボロサラばかりじゃなく、行列の何百人もいっせいに騒ぎ立てたから、さして遠いところにいたわけでもないアカネたちにも、何が起こったかはすぐに見えた。

「あいつら！」アカネは真っ赤になって怒鳴った。「何ひどいことやってんの？　あんなことやって、どこ行くつもり？」

「新島だろ」若い男はこともなげにいった。「あいつら、つきとめたんだよ、場所を」

「嘘！　なんで判んの」

「見りゃ判るじゃねえかよ」男は笑った。「あの夫婦は与太郎っての連れてるし、脂オヤジは社長と一緒だしよ。あいつらから聞き出したに決まってんだろ？」

「それってヤバくない？」アカネの顔は、若干蒼くなった。「あたしたち、先越されちゃわなくない？」

「先越されちゃわなく、なくないかもね」男はいった。「なくなくないかも。なくなくなく、なくないかもよ」

「こいつ、ま、じ、で、むかつく」

若い男は、口元こそへらへら笑っていたけれど、目は二組の図々しい連中が大騒ぎをしながらタクシーに乗り、剣菱のタクシーに赤鬼みたいになったサラリーマンが飛びかかって屋根にしがみつき、それでもすっからかんのターミナルからぎゅうぎゅうづめの六本木通りへ出て行くのを、けっこう真剣なまなざしで見送った。

「何ぼさーっと突っ立ってんのぉ？」アカネはその様子をじりじりしながら見ているしかなかった。「こっちも早く何とかしないと、どうにかなっちゃうでしょ！」

「そうだな」若い男は目をタクシーからそらさずに答えた。「確かに、何とかしないと、どうにかなっちゃうよなあ」

「じゃなんで何にもしないのよ」

「してるじゃねえか」男はまだタクシーを見ていた。「あいつらの様子を見てるじゃねえかよ」

「そんなことして何になるっつーの」アカネは泣きそうだった。「何考えてんのあんた、マジで！」

「あいつら、馬鹿なんじゃないかなー、ってことを考えてるんだよ」若い男は、考えていることを親切に教えてあげた。

「そーゆーこと、いってんじゃなくて！」アカネは地団太《じだんだ》を踏んだ。「もー。あいつらにお金取られちゃうよお！」

「取れっこねえや」男は冷静にいった。「だってさ、今タクシーなんか乗ったって、どこにも行かれるわけ、ねーじゃん。そうだろ？　見てみろよあの渋滞。あいつら、まだあの辺でうろうろしてるぞ」

アカネは男の指差す方を見たけれど、もうどのタクシーがどれだか見分けがつかない。それくらい道は混雑し、クルマは流れていなかった。

「当分動かねえぞ、あれ」男は呟《つぶや》くようにいった。「それとも、なんか考えがあんのかな」

「ありそうもないけどね」アカネはそういったが、半分は男に悪態をつくような気持ちだった。「あの人たち、まるっきり馬鹿みたいだったよ」

「だよな」男はようやく目でタクシーを追うのをやめ、アカネを優しいまなざしで見た。

「何考えてんだろ」

「でも、あんたよりはまだ何か考えてんじゃない？」アカネはいった。「少なくともあの人たちは、ちょっとでもここから出ようとしているよ」

「そうだな」男はそういって、身体の向きを変えた。「じゃ、俺も出かけるとすっか」

「どこへ？」アカネの顔色が、またしても紅潮した。「このありさまで、どっか行けるの？　それってノッていい話？」

「知らねえよ」男は笑顔で答えた。「お前はチョッチィでも待ってろ」

そういうと男は、アカネを振り返りもせずに人ごみを掻き分け、渋谷駅の中へ入っていった。

「ちょっと！」アカネは追いかけながら叫んだ。「駅行ったって、電車動いてないよ！　それにチョッチィじゃなくて、ヨッチィだよ！」

男は答えず、びっしり人の立っている東急東横店の階段を、ずんずん上っていった。アカネはその後ろ姿を見失いそうになりながら、人を突き飛ばしたりしてようやく追いつき、思わず男の腕にしがみついた。

「どこ行くの」アカネは精一杯カワユラしい声を出して男の気を引こうと思ったが、うまくいかずに普通の太い声が出てしまった。

「新島」男は静かに答えた。

「新島まで電車あんの」

「ねえよ」

「じゃどうやって行くの」

「竹芝桟橋まで行って、そっから船乗るんだよ」

「それ、どこ」

「新橋《しんばし》の先」

「新橋、行けないじゃん」アカネは男にしがみついたまま、引きずられるようにして歩いた。「電車走ってないじゃん」

「JRは、だろ」男はいった。「地下鉄は普通に走ってんだろ?」

そういってるあいだに、二人は東京メトロ銀座《ぎんざ》線の改札に来た。銀座線は地下鉄だけれど、渋谷駅のホームは地上三階にある。

地下鉄は普通には走っていなかった。JRの影響をモロに受けて、ひどく混雑し、ダイヤも乱れていた。それでも走ってはいた。やってきた電車に二人は乗り込み、満員電車の中、身体をもろに密着させて向かい合った。

「あいつら、なんで地下鉄使わなかったのかな」男はアカネの若々しい胸の弾力をばっちり感じながら、一応平静を装って呟いた。「これ乗ってけば、三十分もあれば着くはずだけどな」

そして二人は、混んではいるものの、特にトラブルもなく地下鉄で新橋に出て、そっからゆりかもめに乗り換えて竹芝で降りた。ゆりかもめの竹芝駅は、乗船ターミナルと同じ建物の中にある。そこで二人は、ほかの常識的な乗船客たちと同じように、普通にターミナルまで行って、普通に切符売り場の列に並びましたとさ。そんだけの話。

六、いさかいは話し合いで解決しましょう

高価で優雅な装いを牛どもにメチャクチャにされ、死ぬ思いでここまでたどり着いたグレースは、平然と列に並んでいる若い男とアカネを見て逆上した。

「どういうことなの！」グレースは目を三角にしてフィリップの腕を掴んだ。「なんであの二人があそこに並んでいるのかしらッ」

「切符を買うためだろう」

フィリップは理の当然の答えを口にした。それが当たり前すぎることが、どうやらグレースの導火線に火をつけたようだった。

「そうじゃないの。どうやってあの人たちは、こんなところまで来られたのかしらっていってるの！」

「地下鉄だろう」フィリップはきちんと答えた。「ＪＲは動いていないけれど、私鉄は支障なく動いているからね」

「違うっ」グレースは思わず品格を忘れて地団太を踏んだ。「そんなことといってんじゃないって（ここまでいって彼女は品格を思い出した）申し上げてますのよ！　なんであの二人が、ここのことをご存知なんでいらっしゃるのかしらって話でございますわ！」

「よく判らないが」彼には妻が何をいってるかの方が、よっぽど判らなかった。「この竹芝桟橋というのは、伊豆諸島へ向かう船の出航場所としては知られているよ。別に秘密の港というわけではない」

「そ、う、じゃ、な、く、て」この人は私をからかってるのか？　それとも本気でいってるのかしら？　とグレースは、心の中で亭主に悪態をついた。「なんであの人たちが、ここにね、いるのかってね。……ンもう！」

グレースは泣きそうな顔でフィリップを睨みつけた。要するに彼女は、アカネと若い男がどうして「金のなる木」のありか（に決まっている）を知っているのか、知らなければこんなところにいるわけないんだから、ということをいいたかったわけだが、牛に追いかけられて九死に一生を得た五分後にそんな複雑なことを理路整然と口にできるわけもないのであった。

「だからね」グレースは自分自身にじりじりしながら、それでも一生懸命きちんとものをいおうとした。「あの人たち、ね、おかしいでしょう？　こんなところに、いるわけないじゃない？　そうでしょう？　知らないでしょう？　あれの、ね、でしょう？」

両手をぶらぶら振り、顔を真っ赤にしてフィリップにいいたいことをいおうとして果たせないグレースは、またしても、

「ンもう！」とじれるのであった。

グレースがたまに見せるこういうところが、フィリップにはたまらなく可愛らしい。可愛らしいんだけれど、何がいいたいのか判らないのにはさっきから変わりなかった。

「確かにそうだ」フィリップは答えた。「彼らがこんなところにいるのはおかしい」

「でしょう？」

「ああ」フィリップは深く頷いた。「あんなところに彼らがいるのは、不当だ」

「フトウ？」グレースは夫が何をいっているのか判らなかった。そりゃあここは桟橋なんだから埠頭には違いないけど、そんなどうしようもないダジャレをいっているようには見えなかった。

「不当だよ。そうだろう？」フィリップはダジャレにも気づかず、とくとくと喋り続けた。「彼らに例の、その、アレを手に入れる資格なんかない」

金のなる木、と、見知らぬ人がうろうろしているこんなところで、あからさまに口にするのははばかられた。それにフィリップは、他のたいていの登場人物と同じく、「金のな

る木」っていうのが一体どんなもののことなのか、全然知らなかった。さらに彼は、自分がそれを知らないということを、自分で認めたくなかった。加えてこれまでの、誘拐未遂や牛の追走といった、優雅な人生には決してありうべからざることを短時間に次々とくぐりぬけたという、疲弊《ひへい》と苛立ちもあった。それらモロモロがないまぜとなって、彼はいっそう、アカネと若い男に向かって腹立ちを募らせ、饒舌《じょうぜつ》になった。

「ああいうものをだな、あんな若い、ものの値打ちも判らぬ連中に渡してはならんのだよ。見なさい、あの服装を。特にあの女。頭から爪先までチャラチャラしたもので覆って。実に汚《けが》らわしい。自分に自信がないからああいう、今どき流行のファッションで自分をあざむいているわけだよ。あんな人間が大金など手にしたら、どうせろくなことにはならんのだ。資産というものはだね、それにふさわしい人間が持ってこそ価値がある。君のいうとおりだ。彼らがあんなところにいて、あんなところに行こうとするのはおかしい。不当だ」

「……」グレースは夫の演説を目を丸くして聞いていた。いやあのワタシ、そんなつもりでいったんじゃないんですけど。そういおうかと思った。けど、やめた。

「そうね」グレースはいった。「その通りですわ」

フィリップが勘違いしているにしても、ま、それはそれでいいか。夫と同じか、それ以上にくたくたになっているグレースは、難しいことを考えるのをやめることにした。面倒くさい。

「あいつらを船に乗せてはいけない」フィリップは決然といった。「何としてでも阻止《そし》しなければならない。僕たちを護《まも》ってくださる運命の神も、きっとそう思っているに違いないのだから。そうだろうグレース」

「ええ」グレースは答えた。「彼らは私たちにくらべて、あまりにも下賤《げせん》ですわ」

「行こう」フィリップの鼻息は荒かった。

「行こうって、どちらへ？」

「決まってるじゃないか。彼らのところだよ」フィリップはそういいながら、もう一歩を踏み出そうとしていた。「彼らをあの島へ行かせてはならん」

「どうやって？」

フィリップは歩みを止めて妻を睨んだ。どうやってアカネと若い男を船に乗せないようにするか、全然考えていなかったからだ。

「どうやってって」フィリップはいった。「どうしよう」

そのとき、困惑して静止画のようになった二人の背後から、黒い影がすっと近づいてきた。黒い影は手を伸ばし、フィリップの肩を軽く叩いた。

ぎょっとした二人は影のほうを振り向いた。

「君たち」黒い影は、よれよれになった背広を着て、全身から加齢臭のきつい汗をだらだら垂らし、世にも嘘臭い笑顔を浮かべて立っていた。「ちょっと話し合わないか」

それはたった今この場所へたどり着いた剣菱だった。

若い男は、そんな二人の怨嗟《えんさ》のこもった視線になぞまったく気付かず、行列ってうざってえなあ、とっとと俺らだけに乗船券を買わせないかなあ、と思いながら、行列に並んでいた。

伊豆諸島へ行く高速ジェット船の出航時刻はシーズンによってまちまちだが、五月には運良く午後一時発新島行きの便があった。あと二、三十分もあれば出る。若い男は時刻表を急いで見上げながら、にっこりと微笑んだ。

アカネはというと、時間があるときにはいつもそうしているわけだが、ケータイをいじくって友だちにメールを送ったり、無料ゲームサイトの着せ替え人形ゲームをやったりしていた。

そこへ電話が鳴った。

「もしもし？　あぁ、ヨッチィ？　……サイテーだよねヨッチィって。あちしのことほったらかしにしちゃってさ。いっつも仕事優先だもんね。あちしのことなんか、ほんとはどーだっていいってのミエミエな感じだよね。……え？　聞こえないよ……。そーじゃないっつーの、シカトしてるわけじゃなくてぇ、マジでヨッチィの声がよく聞こえないの。どこにいるの今？　渋谷？　渋谷にいんの？　マージで？　なんで渋谷なんかにいんのぉ？」

若い男はアカネのどら声が嫌でも耳に入ってきちゃって、思わず苦笑した。なんで渋谷にいんのって、決まってんじゃねえか、お前に呼ばれたから飛んできたんだよヨッチィはよ。

「だーめだよ、今ごろ渋谷来たって意味ないじゃん。信じらんないマジで！　情報が古すぎるんだよモー。渋谷じゃないの、竹芝！　今すぐ竹芝来て。あちしを愛してるなら来れるでしょ。大至急だよマジで。あちしにはヨッチィが必要なの」

「ヨッチィじゃなくて」若い男はこっそり呟いた。「必要なのはヨッチィの財布だろ」

「三十分以内にヨッチィが来なかったら、あちし知らない男に拉致《らち》られちゃうからね。これマジ話だからね」

「電話、替わろうか」男がいった。「誘拐犯本人てことで」

アカネはちょっと考えたが、首を横に振って、携帯に向かって叫んだ。

「今すぐだからね。十分以内だから」

「さっき三十分っていったじゃねえか」

そういって笑う若い男を、アカネはぺしっと叩いた。

「十分したら、あちし拉致だから。これマジだから。ダッシュしてダッシュ、愛が試されてるからね、じゃね！」

アカネは電話を切って、かたわらで腹を抱えて笑っている若い男をもう一度叩いた。

「笑ってんじゃねーよ！　マジでムカつくんだよ」

「だってよ」くっくっく、と笑いを噛み殺しながら、若い男はいった。「おめえらが、あんまり馬鹿すぎて、笑っちまってよ」

「何が馬鹿なんだよ」アカネは眉間に皺《しわ》を寄せた。「そりゃ向こうは馬鹿だけど、あたしを馬鹿っつったら、本気で殴るよ」

「どっちもどっちだ」

若い男がそういったとたんに、アカネは男の肩をゲンコツで殴った。けど男には痛くも痒《かゆ》くもない様子で、相変わらずクスクス笑っていた。

「男なんて、どーせみんな馬鹿に決まってる」アカネはいった。「デキる女は男を使うんだよ」

「どこで覚えたんだそんなくだらねえセリフ」若い男は呆れたようにいった。「どーせ二流のギャル雑誌だろ」

アカネは口を歪《ゆが》めて答えなかった。だってほんとにそれは、エロ記事なんか載せてるマイナーなギャル系雑誌に書いてあったことだったからだ。

「そんな風に思ってるうちは、金なんか絶対儲《もう》からねえぞ」

男の顔はずっと笑顔だったけれど、その言葉にはちょっと真面目な響きがあった。

「何いってんの」アカネは男を見下してるような目つきを、精一杯して見せた。「そんな風って、あたしがどんな風だっての」

「男はみんな馬鹿だ、なーんて思ってるってことだよ」男はいった。「そーゆーこといってる奴に、金儲けはできない」

「なんで」アカネはいらいらした気分でいった。「カンケーないっしょ、それとこれ」

「あるさ」男はアカネの目を優しくみつめた。「お前の頭の中にあることだもんな。お前の頭の中にあることで、金儲けに関係ないことなんか、ひとつもないさ」

アカネは文字通り絶句して、何にも答えることができずに、まじまじと男を見た。だけどもうそこには、見下すようなところはひとつもなかった。

「男なんて『どうせ』馬鹿に『決まってる』、っていうのはな、金儲けには一番遠い頭の使い方だよ。だってそれは、自分は馬鹿な男しか使うことができませんて、宣伝して歩いてるようなもんだもんな。馬鹿じゃない男が出てきたらどうする？　実際にはお前なんかより頭のいい男はゴマンといるんだぜ。そういうのが現れたとき、お前にできることはたった二つだ。その男のことを使い切れねえで、何にもカンケーないまんま、相手にしない、そいつからも相手にされないで通り過ぎちまうか、さもなきゃ、その男を馬鹿だと思いこんじまうか、どっちかだ。相手にしなければ、お前はそいつから何にも学ばない、何にも手に入れない。だから得られるものは何もない。だけどその方が、まだ被害がなくていいかもな。頭のいい男を馬鹿だと思いこんで使おうとすると、ひでえ目にあうぞ。その男の方が有利になるわけだから。そいつはお前の前じゃあ馬鹿のフリして、お前を油断させて、結局お前を身ぐるみ剝いじまうぜ。大袈裟《おおげさ》だって思ってんだろ？　毎日そんなことが起こってんだ、金儲けの世界じゃな。

どうせとか、決まってるとか、物事を固定して見ちゃ駄目だ。固定して考えると、ほかの可能性が見えなくなる。なるたけ多くの可能性を考えておくっていうのが、金儲けの基本中の基本さ」

「ごちゃごちゃうるさいよ、あんた」アカネはいった。「そんな面倒臭いこと、なんでイチイチ考えなきゃいけないのォ？」

若い男が優しい目でじっとこちらを見ているだけなので、アカネは続けていった。

「――ちゃっと手に入れちゃえば、それでいいじゃん、金なんて」

「ちゃっと手に入る金なんて、高が知れてるじゃねえか」男は笑った。「商店街なんかでやってる、現金つかみどりみたいなもんだ、そんな金は。男を手玉にとって手に入る金なんて、何十万とか何百万、せいぜい何千万が関の山だ。そういう目先のアブク銭に飛びつくような奴に、本当の金は入ってこねえよ」

若い男の口調には重みがあって、知らないうちにアカネは真剣に耳を傾けていた。だけどそれだけによけい、その話について考えさせられて、かえって男の矛盾《むじゅん》に気がついてしまった。アカネは腕組みをして、もう一度目を細めて、男を見下しているかのようなポーズを作りながらいった。

「あんたはそういう、アブク銭に飛びついたりとか、しないわけ？」

「アブク銭にも飛びつかねえし、金儲けもしないねえ」男は答えた。「しようったってできねえけどよ」

「じゃ、あんたここで何やってるの？」アカネはいった。「渋谷でモヤイの前にぼーっと座ってたのが、こんなとこまで来ちゃってさ。船に乗ってどっかの島まで行こうとしちゃってさ。あんただってじいさんの金が目当てなんでしょ。一攫千金《いっかくせんきん》狙ってんじゃん。アブク銭に飛びつこうとしててんじゃん」

「お」男のアカネを見る目が明るく輝いた。「うまいとこ突いてきたな。馬鹿なりに考えてんじゃねえか」

「だから馬鹿じゃないってあたしは！」

そういってアカネは、またまた男の腕をひっぱたいたが、内心ではちょっと、ほんのちょっとだけ、なんだコイツ、と思っていた。あたしのことを馬鹿、馬鹿っていうくせに、あたしのこと見下したようなことといってるくせに、なーんか、どっか、惹《ひ》かれる。カッコイイ感じがある。

「俺は金なんかどうだっていいんだよ」信じられないことに、男の言葉には真実味があった。「俺は、面白いからこうしてるんだ。島なんか行ったたって、何があるかは判りゃしねえや。そもそもあのじいさん、元はどれだけ偉かったか知らねえけど、さっきの様子じゃ、明らかにぼーっとしてたもんな。俺のことを孫だと思い込んでたし。島に行って、観音様探して、見つかって下を掘ってみたら、ブリキのオモチャか何かが埋まってるかも知れねえや。それでも俺はいいんだよ。面白いからね。いきなり行ったこともない伊豆の島に行くのも面白いし、お前らみたいな欲の皮の突っ張った連中の様子を見物してるのも面白いや。お前や、あの後ろでこそこそ内緒話してる三人を見てるのがね。――振り返っちやいけねえ！　向こうはまだ、俺らに見つかってないと思ってんだから」

「何ですの、あなたは？」

けっこう長い沈黙のあと、グレースが口を開いた。

グレースとフィリップは、剣菱に声をかけられてから、ずーっと黙ってこの、自分らと同じくらい汗と埃《ほこり》でよれよれになった脂ギッシュ男の作り笑顔を見つめていたのだ。

「お互い、正直になりましょうや」剣菱は笑顔のままでいった。「私が何者かはご存じなくても、あなた方は私が何をするつもりなのかは、よーく知っていらっしゃる。なんてったって目的が同じなんですからな」

セレブ夫妻は剣菱の出方を窺いながら、気がつかれないようにそっと生唾《なまつば》を呑んだ。

「おまけに我々はたった今、まさしく生き死にを決するような大冒険を共にもしました。お怪我がなかったようで、何よりでしたなあ」

そういうと剣菱は、はっはっは、と笑った。

セレブ夫妻は、闘牛に追いかけられるなどというセレブにあるまじき醜態《しゅうたい》を見られたのが恥ずかしくて頰を赤らめながら、ますます剣菱を怪しい野郎だと思って、目を離さなかった。

「いってみれば、私たちは共に闘った戦友じゃないですか」剣菱はいった。「お互いに助け合うことができるし、助け合えば共通の目的も、たやすく達成できるはずですがね」

「誰なんですか、あなたは」

フィリップが勇気を出してそういうと、剣菱はにやりと笑って答えた。

「私は剣菱次太郎と申しまして、昨年まで剣菱泥造《どろぞう》の政治秘書をやっておりました」

「ああっ」フィリップは剣菱の面前に指を突き立てた。「剣菱って、あの、腹上死の、贈収賄の、あの剣菱か！」

「人聞きの悪いことをいうんじゃありませんよ！」

剣菱はそういってフィリップの指を払いのけた。もうちょっとで彼の口に手をあてて黙らせるところだった。

「私の父は心臓発作で死んだんです。その後に不幸な誤解が続いたのは認めますが、少なくともこの私は完全に潔白なんだ。怪しげな報道を鵜呑《うの》みにされちゃ困る。……一般大衆みたいに」

「もちろん私たちは、報道を鵜呑みになどいたしませんわ」

グレースがすぐにそういった。それはまったく、剣菱の思っていた通りの答えだった。

彼はこの高価で嘘くさい服を着た夫婦が、いっぱしのセレブ気取りでいることを見透《みす》かして、わざと「一般大衆みたいに」と付け加えたのだ。このひと言を聞いて、二人の背筋はすうっと伸びたようだった。

「けれどもだからといって、あなたが何を目的となさっているのか、すんなり了解できたというわけではありません」

「妻のいう通りだ」フィリップがいった。「あなたはね、私たちとは縁もゆかりもない人なんですよ。それがいきなり話し合いだなんていわれても、到底応じることはできません」

それにあんたは、父親の贈収賄疑惑と腹上死で新聞種になったような人だからね、とフィリップは、心の中で思った。

「確かに私とあなたがたは、縁もゆかりもない」

こちらは前途有望な新進政治家、あんたらは単なるエセセレブだもんな。剣菱は腹のうちで二人を見下した。

「しかし今日はどうです。今は？　我々はまったく同じ目的を持っている。そしてそれは、今や目と鼻の先にあるも同然です。ここで我々が協力して邪魔者を排除すれば、得られる利益を分配できるわけじゃありませんか。そうでしょう？」

「邪魔者というのは」

「またまた、とぼけて」剣菱はくっくっく、と笑って、なれなれしくフィリップの肩に手をかけ、乗船券売り場のほうをちらっと見た。「あの若造二人ですよ」

フィリップはちょっと薄気味が悪くなった。こいつ、ついさっきここに着いたばかりのはずなのに、もう我々と同じものを見つけていたのか。

「あんな連中に、大金を渡すわけにはいかない」剣菱は小さい、しかし威圧的な声でいった。「あれはね、要するに楽をして儲けようという、今どきの若者の典型的な一例なんですよ。手っ取り早く金が入ればいい、額に汗して働くなんてまっぴらだ、楽して金だけ欲しい、そのためには人を蹴落としても構わないという、堕落《だらく》した若者なんです。だから彼らはああやって、汗一つかかずにあんなところでいちゃいちゃくっついて立ってるんだ」

むちゃくちゃなことを、剣菱はいった。

「それにああいう若い連中はね、投票になんか行かないんだ。行っても野党に入れやがる。あれが邪魔者でなくてなんですか。邪魔の国から邪魔を広めに来たような連中なんだあいつらは」

口走ってる剣菱自身が、さすがにむちゃくちゃだなあ、と思っていたのに、エセセレブの二人は、

「その通りですわネエ」

と、深ーく頷いていた。

これまた、剣菱の思う壺である。

剣菱としては、アカネたちが今どきの若い者であろうがなかろうが、そんなことはどうだってよかった。どうやってここまで来られたのか、「金のなる木」が伊豆諸島のどこかにあると、なんで判ったのか、そんなことさえ、彼にとってはたいした問題ではなかった。彼にとって重要なのは、ひたすら、この先どこへ行けば「金のなる木」があるのか、ということだけだった。そしてあの、モヤイ像の前に立っていたじいさんの話を耳に入れた五人のうちで、それがどこにあるかを知らないのは、この時点で剣菱ただ一人だったのである。そのことを彼は、この竹芝桟橋に来て、若い二人が先回りしているのを見て、初めて悟った。そして思った。こいつはマズいぞ！　と。短い時間で彼が次に考えたのは、とにもかくにもこれは、ひとまずあの胸糞悪いエセセレブが、無理矢理タクシーに乗せた与太郎から何を聞きだしたのかを探らなければならない、ということだった。これまでのところ剣菱は、ただこいつらの後を追いかけることでしか、「金のなる木」に向かって行けないでいるのである。

それはまずい。だってそれじゃあ、こいつらが「金のなる木」を見つけるまで、俺は手も足も出ないということじゃないか。いや、それだって悪くないかもしれない。宝探しみたいな汚れ仕事はこいつらにやってもらって、宝を見つけ出したところで、何とかそれを横取りすれば、それが一番楽ちんな方法だ。でもその「何とか」ってなんだ？　宝が見つかったときに、すんなり横取りできるという保証はどこにもない！　だったら今のうちにこいつらに近寄って、あたかもタッグを組むかのように見せかけて、こいつらの情報を手に入れて、それからこいつらを出し抜いてやればいい。

剣菱の脳内悪知恵コンピュータは、短時間にこれだけのことを弾《はじ》き出した。だもんだから二人に自分から近づいていったわけである。

「でしょう？」剣菱はいった。「そもそも若いうちから安易に大金など手にするのは、道を間違うもとなんですよ。彼らを、そのつまり、例の話から遠ざけるのは、彼ら自身のためでもあるわけだ。彼らを目的地に行かせないのは、我々のような分別のある大人の責務でさえあると、私は思いますね」

「なるほど」

特に理由もなく、つねづねギャルっぽい若い女（およびそれにくっついてる若い男）を軽蔑《けいべつ》している、今は特にその軽蔑の念が強いフィリップは、剣菱の弁論術（？）に引き込まれ、ついさっきまでの警戒心を、みるみる解いていった。

「確かにおっしゃる通りだ。彼らのために、彼らの行く手を阻《はば》みましょう」

「協力していただけますか」

「もちろんですとも」

「さすがに頭の回転が速い。私の見込んだとおりのお二人です」

「で、どのように」

「へ？」

「どのようにしてあの二人を、島に渡らせないようにするわけですか」

「ぐ」

剣菱はぐっと詰まった。そのことについては、何にも考えていなかったのだ。まあ無理もない。彼だってこの夫婦と同様、牛に追われてエセセレブを追ってここへ来たのは、つい十数分前のことである。

「それはですね」剣菱の笑顔はゆがんだ。「それについては、応相談ということで」

「何が応相談ですか」フィリップはそういって、アカネと若い男の方をちらっと見た。

「あっ。ほらっ。うかうかしてたらあの二人、もう乗船券を買ってしまいましたよ。どうするんです！」

フィリップのいう通りだった。アカネと若い男は二人が喋ってるあいだに（というより、剣菱が空疎《くうそ》な演説をしているあいだに）行列の先頭に立ち、チケット売り場で乗船券を二枚受け取ると、何やら嬉しそうに顔を見合わせて微笑みながら、高速ジェット船乗り場の待合室に向かって歩いていくではないか。剣菱に煽《あお》られて浮き足立ったグレースはそれを見て居ても立ってもいられなくなって、剣菱に掴みかからんばかりの勢いで叫んだ。

「ちょっと、あなた。何とかしないと！」

しかも衝撃はそれに留まらなかった。剣菱がグレースをなだめようとしたその時、ターミナル全体に場内アナウンスが響き、耳を疑うようなことをいい出したのである。

「ご乗船予定のお客様に、緊急のご案内をいたします。ただ今、警察より緊急の連絡がありました。それによりますと現在、浜松町近辺を逃走中の闘牛複数頭が、竹芝桟橋方面に向かって集結しつつあるとのことであります。当ターミナルはこれより最重要警戒地域になります。ここにおられるすべての人に緊急避難命令が出されるものと思われます。これによりまして竹芝発新島行き、十三時ちょうど発の高速ジェット船は、当初の予定を早めまして、ただ今より五分後に急遽《きゅうきょ》出航することと決定いたしました。従いまして乗船券の発売は、ただ今をもちまして終了といたします。乗船券をお持ちのお客様は、至急乗船口までお集まりください」

三人の顔は瞬時に蒼ざめた。場内は騒然となり、チケット売り場は次々とあわただしくシャッターが下ろされようとしていて、周囲の人々はがやがやと乗船口へ向かっていった。乗船券を買えなかった人々や、たった今ここへ到着して状況の判らない人々はあちこちで騒いでいる。状況の理解できた人々は牛が大挙して押しかけてくるってんでパニックになって、やっぱり騒いでいる。あっちこっちで人がぶつかったり怒鳴りあったり駆けずり回ったりし始めた。大混乱である。

「あなた」グレースは今度は、フィリップに向かって悲鳴を上げた。「あなた！」

「考えているヒマはありません」剣菱がいった。「かくなる上は非常手段です。あの二人から何とかして切符を奪い取ってですね、何としてでも船に乗って、そして」

誰も聞いていなかった。フィリップとグレースはどこかに消えていた。剣菱はあわてて周囲を見回したけれど、大勢の人が慌てふためいて動き回っているもんだから探そうにも探せない。

瞬時にして剣菱は、何の手がかりもない場所にたった一人で取り残された。

フィリップはグレースの腕を摑んで、ものもいわずに待合室とは反対側にある、女子トイレに向かって走ったのだった。彼の視線の端が、何の警戒心も抱いていない様子で女子トイレに入っていくアカネの後ろ姿をとらえたのだ。あの頑丈そうな若い男と別行動を取っている。五分後に船が出るっていうのにトイレに行く人なんか、ほかにだーれもいやしない。トイレの前には島民とおぼしき垢抜《あかぬ》けないスラックス姿のおばちゃんが一人、両手に上野《うえの》で買ってきたばかりの台所用品を山と抱えたまま、オロオロとターミナル全体の恐ろしい騒ぎを目で追っているだけ。今がチャンス！　剣菱はひとつだけいいことといった。確かに考えている時間なんかない。グレースはフィリップの手を振り払うと、おばちゃんの買い物袋からはみ出ていたフライパンをさっと抜いて、単身女子トイレに飛び込んでいった。

悪知恵コンピュータが剣菱の頭の中で、めまぐるしく働いた。どうする、どうする、どうする……？　アイディアらしいものは、何ひとつ出てこなかった。もうあのエセセレブを見つけ出すことはできない。若い二人組を探すこともできない。彼らが島のどこへ行くつもりなのか、どこへ行ったら「金のなる木」が手に入るのかを知る手がかりは、この騒々しい人だかりの中で完全に見失ってしまった。

何でもかんでも五分後に出る船に乗らなければ駄目だということは明らかだった。とにかくそれは島にあるのだ。あいつら全員島に向かっているのだから。だから今は何の情報もないけれど、島へ行く船に乗らないことには話にならん。でも、どうやって？　剣菱は一秒くらい、本気で売り場のシャッターをこじあけて、中にまだ残っているに違いない乗船券を盗み出そうかと考えた。

しかし次の瞬間、それよりはるかに素晴らしい超名案が浮かんで、剣菱はたまたま近くにいたバックパッカー風のひげを生やした男に摑みかかった。

「君！」剣菱はその男の真正面に立って、逃げられないようにしてからいった。「乗船券は持っているのか」

「持ってるよ」ひげの男はびくっとしながらも答えた。「やめてくれよ。船のただ乗りなんか、俺はしないよ」

「そのチケットを、私に売ってくれないか」剣菱はたたみかけた。「十万出そう」

「ええー」ひげの男は当惑した表情でいった。「そんなこと、急にいわれたってなあー」

「緊急事態なんだ」剣菱はいった。「島で病気の老人が死にかけている。私は医者だ」

「医者なんか島にだっているだろ」

「私にしか治せない病気なんだ」剣菱は口から出てくるでたらめを立て続けに喋った。

「すっぽん病だ。それはそれは恐ろしい病気でね。放っておくと二時間以内に首がすっぽんと抜けてしまう」

「じゃ手遅れじゃない？」ひげの男は同情した様子もなかった。「今から船に乗っても、一番近い大島だって、二時間以上はかかっちゃうよ」

「いやそれはね。私の手にかかれば、すっぽんと抜けた首も付け替えることができるんだよ」

「それ凄いね。あんた名医だね」

「名医なんだ私は。しかし一刻を争う」

「争わないだろ。抜けたって治せるんだから」

「そうじゃないんだ。いやだから、つまりその、治せるんじゃないんだ。付け替えられるだけなんだよ。抜けた首の代わりに別の首をつけることになる。だから、そうなったら治っても親戚中、誰も知らないおじいさんになってしまう。今すぐ行けば間に合うんだ。君のチケットが人の命を救うことになるんだよ。頼む！」

「だけど、俺にとってもこれは大事な旅なんだよなあ」ひげの男はひげをごしごしこすって考えた。「自分を探す旅なんだ」

「島に行っても自分なんかいない！」剣菱はじれったくなって叫んだ。「あんな船に乗って行った先に自分を探そうとしたってみつからない！」

「じゃ、どこに俺はいるんだろう」ひげの男は背中にしょったギターを取り出して、歌い始めた。「ああ～俺は～どこにィ～」

「やめろっ」剣菱はギターをひったくった。「そのチケットを売ってくれたら、どこを探せば君がみつかるか、私が教えてあげよう」

「えっ。ほんとか？」

「ああ。だから五万でチケットを売ってくれ」

「さっき十万ていったよね」

「いや、どうだろう」

「いったよ」

「ちッ」剣菱は舌打ちして、内ポケットの封筒から十万円を出し、ひげの男に渡した。

「早く乗船券をよこせ」

「いいことしたな、俺」剣菱に乗船券を渡し、金を受け取って、ひげの男はにこにこしていた。「じゃ、教えてくれよ、俺の見つかる場所を」

「合羽橋《かっぱばし》だ」

「え？」

「合羽橋。ゆりかもめで新橋へ出て、新橋から地下鉄で田原町《たわらまち》まで行って、そっから歩きだ。合羽橋に行けば、本当の君に出会える。そうすれば……」

グワッシャーン！

突然ガラスの割れる音がして、ターミナルにいた全員がそっちの方を向いた。

ドアひとつ向こうは耳をつんざくばかりの絶叫や足音がとどろきまくっているというのに、女子トイレは静まり返っていた。ほかに人の姿はなく、アカネが一人で洗面所の鏡に前のめりになって、付けまつげのコンディションを入念にチェックしているところだった。そこへフライパンを握り締めたグレースが勢い込んで入ってきたもんだから、アカネはぎょっとしてそっちを見た。

「ぬぉおおおおお！」

女の外見は気品が作る、が信条のグレースは、顔じゅう口にしてケモノのごとき叫び声をあげながら、アカネに向かってフライパンを振り下ろした。ごおん！　と気持ちのいい音がして、アカネはふらふらーっと床に倒れた。デニムのショーパンの小さなポケットから、乗船券が半分顔を覗かせている。グレースはフライパンをそこらに放り投げてそれをひったくった。

「よしっ」

立ち上がったグレースは、この時ドアの向こうで、グワッシャーン！　というガラスの割れる音を聞いた。聞いたけれども、人の頭をフライパンで殴った直後にそんなの関係ありゃしない。鼻息荒く乗船券を握り締めてトイレを出ようとしたその時、目の前のドアがばーん！　と開いて男が二人入ってきた。っていうか、一人の男がもう一人の男の背中から組み付いて離れず、いっこの塊《かたまり》になっている。

「グレースっ」と妻の名を呼んだのは、背後にくっついてるフィリップ。そして、「何やってるんだ！」と激怒しているのは、例の若い男だった。

「逃げるんだグレース！」

フィリップにそういわれたって入り口には二人で立ちはだかられているんだし、背後には窓ひとつありゃしない。どうしようかとグレースが思っているうちに、若い男は「むん！」と背中をひと振りしてフィリップを苦もなく床に落とした。

「あなた！」

といって駆け寄るグレースの手から乗船券をついと抜き取った若い男は、ゆっくり身体を起こそうとしていたアカネを抱きかかえ、カンカンに怒りながらも無言でトイレを出て行った。

「あ痛たたたたた」

フィリップは背中をさすりながら立ち上がった。

「あなた、大丈夫？」

グレースは夫に駆け寄って、思わず二人は抱擁した。

「お知らせいたします！」張り詰めたアナウンスが場内に響いた。「新島行き高速ジェット船は、まもなく出航いたします！　お客様は大至急、船内に避難してください！」

避難？

どーん！　ばきばきばきっ！　凄まじい音がグレースとフィリップのすぐ近くで響いたかと思うと、あたり一面が瞬時に真っ白になった。

「なんだ！　何があったんだ！」

舞い上がった大量の埃の向こうにグレースとフィリップが見たのは、たった今トイレから出て行ったはずの若い男とアカネが、床にノびている姿だった。若い男の手には、乗船券が二枚握られている。

……ん？

トイレの入り口、少なくともさっきまでドアがあったところへ目をやった夫婦は、アカネを抱えた若い男を跳ね飛ばしたという達成感に鼻息を荒くしている、真っ黒な闘牛と目が合った。

牛は夫婦をチラ見して、ぶふう、とひと声うなると、きゃーきゃーいって逃げ惑う人間たちがいっぱいいる待合室に向かって、ゆっくりと去っていった。

「あ。あ。あ」

恐怖と驚愕のあまり口がきけなくなっているグレースの手を引っ張って、フィリップは若い男の手から乗船券をひったくると、乗船口へ向かって一目散に走った。

七、困ったときは助け合いましょう

アカネがまず、目を開いた。頭がずきんずきん痛む。目もちかちかする。それから肘《ひじ》が痛かった。とにかく痛いということしか感じられなくて、しばらくのあいだ、何があったのかはもちろんのこと、自分がどこにいて、今どんな格好をしているのかさえ、自覚することができなかった。

それからだんだん、思い出した。チケットを買って、もうすぐ船に乗るんだってなって、じゃその前にちょっとトイレ行ってくる、つってトイレで鏡を見ていたら、山姥《やまんば》（昔の渋谷にいたギャルのヤマンバじゃなくて、本当の妖怪のほう）がいきなり飛び込んできて、フライパンを振り上げたんだっけ。そいで気ぃ失っていったん倒れたんだけど、目を開けたときに、あの若い男が入ってきて、あたしを抱え上げてくれたんだ。そいでトイレから脱出させてくれたとたんに、目の前に、なんか、でっかい動物がいて、そいで……と、そこでアカネは、今の自分がついさっきも倒れていたトイレの床にまたしても倒れていて、その格好のまま若い男に背後から抱きすくめられているのに気がついたのだった。

「何すんだよ」

男の手がモロにアカネのおっぱいを握り締めていることもあって、当然ぼーっとなった自分に男がヘンなことを仕掛けていると思ったアカネは、その手を思い切り振りほどいて、男をひっぱたいてやろうと振り返った。

男は失神していた。アカネが手をほどいた勢いで、そのまま背後の床に背中から引っくり返って、いびつな大の字になってそこに伸びた。シャツもズボンもぼろぼろで、頰には黒いアザができており、左の二の腕からはじんわりと出血していた。アカネはぞっとして思わず男の身体を両手で揺さぶった。

「ちょっと、ちょっと、ねえ！」

「痛たたたた」

男はすぐに横になったまま顔をしかめた。

「痛ってえなあ。あんまり乱暴なことしねえでくれよ」

「ごめん」とアカネは、思わずキャラにない素直な謝りかたをして、「大丈夫？」と、心細い声をかけた。

「ああ」といいつつも若い男の声は、弱々しかった。「身体中痛てえけど、生きてる。どこも折れてねえみたいだし」

「よかったあ」アカネはそういってから、自分も身体の節々が痛いことに、改めて気がついた。「どうしたの？　何があったの？」

「どこまで覚えてんだ」若い男はそういいながら、ゆっくりと身体を起こした。「痛ててて」

「あんたがあたしを、トイレから出してくれたところまで」アカネは男の苦痛は、とりあえず相手にしないで答えた。「したら、何か怪獣みたいなのがいて、あと覚えてない」

「牛だよ」ひえー、と変なうめき声をあげながら、若い男は上半身を立てた。「牛が俺らのこと、はね飛ばしやがったんだよ」

「何それ！」アカネは真っ青になった。「なんでこんなところに牛がいんの？」

「お前、それ、マジでいってんのかよう」若い男は呆れた。「朝からずーっとその話で持ちきりじゃねえか。電車が止まったのだって、牛が逃げたのが原因だし、今だって場内アナウンスがあったろうがよ」

「へえー」アカネは聞いてなかったし、聞いてなかったことを別に悪いとも思わなかった。「あれ、牛だったの」

「そうだよ」若い男は床に打ったらしい腰をさすった。「だからお前、船だって……」

そこまでいって、男ははっと目を開き、ジーパンのポケットに手をつっこんだり、辺りの床をせわしなく見回したりし始めた。

「どしたの」

「船の切符」

「切符がどしたの」

「盗られた」

「ええっ」

「多分、お前の切符もねえぞ」

「えええっ！」

アカネは身体の痛みも一瞬忘れて飛び上がり、自分の着ているショーパンに付いているポケットやバッグの中を漁《あさ》った。財布も携帯もアクセサリーも、金目のものはすっかり残っているのに、乗船券だけがどこを探してもなかった。

「ねえだろ？」

若い男が苦笑いでそういうと、アカネは目を丸くして頷いた。

「あいつらが持ってっちまったんだ」

「あいつらって？　……あ、あいつら！」

あの上品ぶった服装の、おっさんとおばさん。

「あの夫婦だよ」

男はゆっくりと立ち上がり、背筋を伸ばしてみたり肩を回してみたり、のろのろとしたストレッチをしながらいった。

「あいつら！」アカネはさっきまで蒼かった顔を真っ赤にして叫んだ。「聞いてよ！　あのババアねえ、あたしの頭をいきなしフライパンでぶん殴ってきたんだよ！　信じらんないよ！」

「知ってるよ。あれだろ」と若い男は、床の隅に放り出されたフライパンを指差した。「現場見たわけじゃねえけど、ひっどい音がしたから、俺、女便所だったけど慌てて入っちゃったんだ。したらお前、ノびちまっててよ。しょーがねえから抱えて出ようとしたら、牛だもんな」

「じゃ……」アカネは男のいったことを、ゆっくり考えてからいった。「じゃ、あんた、あたしを抱えたまんま、牛にどつかれたの」

「腹に頭突き喰らったよ」男はいった。「痛てえの痛くねえのって、吹き飛ばされて、このザマよ。おまけに船の切符まで取られちまったんじゃ、世話ねえや。踏んだり蹴ったりだ」

ということは……。アカネはさっき目を覚ましたときの、自分とこいつとの格好を思い出した。ということは、こいつ、牛に飛ばされながら、あたしのことを庇《かば》ってくれてたってわけ？

「だ、け、ど……」

若い男はアカネが考えながら自分を見ていることを知ってか知らずか、ドアに向かって歩きながら呟いた。

「どんだけノびてたか判んねえけど、切符なんかあったって、手遅れだな。どうやらもう、船は出ちゃったみたいだからなあ」

そういって男はトイレのドアを開いた。まだトイレの床にぺったり尻をつけていたアカネにも、その向こうは見えた。

広いターミナルには、だーれもいなかった。パンフレットやポシェットやビニール傘や靴なんかがあっちにもこっちにも散乱していて、ガラスにひびが入ってるところもあって、ついさっきまでのパニックの名残《なごり》は明らかだったけれど、人間は一人もいなかった。アナウンスもなかったし、ずらりと並んだ切符売り場は、しっかりとシャッターが閉められていた。牛もいなかった。見渡す限り生き物は、若い男とアカネだけだった。

船は出てしまった。牛も追い払われた。二人は気を失っているあいだに、取り残されてしまったのだ。

「これ……」アカネは痛みも忘れて立ち上がった。「これもしかして、超やばいんじゃない？」

「超やばいね」若い男はそういって、また苦笑した。

「でしょ？　やばいよねえ。マジやばい。シャレんなんないレヴェルでやばいよ。船は行っちゃったんでしょ、で船のチケット盗まれたでしょ。でそのチケットであいつら二人がさ、行っちゃったってことなわけじゃない？　あのなんだっけ、どっかの島に」

「新島ね」

「そうそれ。それってさ、やばいってか、おかしくない？　あたしたち船のチケット買ったんだよ？　真面目にお金出して買ったんだよ？　それがさ、あんなバケモノみたいな女にフライパンでぶん殴られてさ、盗まれてさ、でその盗んだ奴らがさ、船乗って島行って、おいしい目にあって金持ちになるって、そんなのありえなくない？　そんなおとぎ話、あたし聞いたことないよ」

「まあ、これはおとぎ話じゃねえからな」若い男はいった。「お前さんもよーくご存知の通り」

「そうだけどさあ！」アカネはもうちょっとで、悔し涙が出てきそうだった。「こんなの許せないよマジで！　ぶっ殺してやりたいよアイツラ！」

それは腹立ち紛《まぎ》れのセリフで、若い男には何となく可愛らしく聞こえすらした。それでもそれは、アカネが本気で怒っていることを示してもいた。だから男は、アカネの目を見据えて、しっかりした声でいった。

「お前、『ゴッドファーザーＰａｒｔⅢ』って映画、観たか？」

場違いな質問にアカネはあきれつつも、首を横に振った。

「観てなくたっていいよ。どうってことない映画だったから。最初の二つが最高にいい映画だったから、よけいにアラが目立ってなあ」

「今そんな映画、関係ないでしょ」

「その映画ん中で、マフィアの親分のアル・パチーノがいうんだよ。敵を憎むな、ってな。なんでか判るか」

「なんでよ」アカネはまだちょっと赤い顔をしていたが、ずいぶん冷静になっていった。

「憎いから敵なんじゃない」

「敵を憎むな」若い男は、それこそアル・パチーノばりの芝居っけでいった。「判断が鈍る」

「何いってんのあんた？」アカネはきょとんとした。「なんの話？」

「あいつらをぶっ殺してやるなんて、冗談でもいっちゃいけねえ」若い男はいった。「ちゃんとした女はそんなこと、いわねえもんだ」

「うっさい」

「それに、こっちには考えがあるんだから」

そういうと男は、ポケットからすっと、携帯電話を取り出した。

「考えって？」

アカネはまだふくれっ面をしていたけれど、この男が今までも、とっさの知恵ひとつでここまで何の困難もなく来られたことを思い出していた。でもそれを男にいいたくはなかった。いえば、こっちが「負け」になるような気がしたからだ。

「考えなんて、いくらあったってしょうがないでしょ」かわりにアカネの口から出たのは、そんな言葉だった。「船はもう出ちゃったんだし、あいつらは高飛びしちゃったんだから」

「船なんか出たっていいじゃねえか」若い男は携帯の画面から目を離さないままいった。

「飛行機のほうが早いんだから」

「ヒコーキ？」アカネは思わずスットンキョウな声を出してしまった。「飛行機で行けるの？」

「そりゃ行けるよ」男は答えた。「だけど、そうか……。羽田《はねだ》から出るわけじゃねえのか……。そうなると、あんま時間ねえぞ」

「飛行機があるの？」アカネはまだいっていた。そして、なおも携帯をいじくっている若い男に向かって、「飛行機があるんだったら、なんで最初からそっちにしなかったのさ！船で行こうとなんかするから、こんな目にあったんじゃないの！」

「だってよ」若い男はにこりともせずに答えた。「飛行機だったら、よけいに金かかるじゃねえか」

「何いってんの！」アカネは立ち上がりながら、さっそく歩き始めた男の背中を、痛みをこらえつつ追いかけた。「お金かかるったって、知れたもんでしょ、どーせ！向こうに着いたらどんだけ金が手に入ると思ってんの？」

「手に入るのかねえ」

男の呟きは、アカネの耳には届かなかった。

「あいつらの乗った船で、三時間くらいかかるんでしょ」アカネは男に追いついた。「飛行機だとどれくらいかかるの？」

「四十五分だとさ」

「ひゃっほーい」アカネは意味不明の歓声をあげた。「じゃ余裕だね。全然先回りできるっしょ」

二人は表に出た。外はさすがにまだ騒がしかった。パトカーや救急車や、家畜運搬車が並んでいて、警察官や新聞記者たちが走り回っていた。アカネも若い男も、口には出さなかったけれど、その光景を見て内心、ほっとした。ちゃんと普通に、人間がいたからだ。

「余裕かどうかは、ちと怪しい」男はゆりかもめの駅に向かって、階段を昇りながらいった。「一時に出る船が向こうに着くのが四時として、俺らがこれから乗る飛行機は三時に離陸するんだから、予定通りに到着しても、三時四十五分だ。しかもさあ、さっきの船は、多分十分ばかし早く出ちまったんだろ？　飛行機が時間ピッタリに飛ぶわけねえし、こりゃ、かなりやばい競《せ》り合いになるぞ」

そんなことをいいながらも若い男はどこか動きがぶらぶらとして、焦るどころか楽しそうだった。アカネは飛行機どころか、ゆりかもめがなかなか到着しないことにもイラついていたのに。

そのゆりかもめが人の気も知らないで悠長に時間通りやってきて、それに乗って汐留《しおどめ》まで、そこから大江戸《おおえど》線で新宿まで行って、京王《けいおう》線で調布《ちようふ》に出た。そのあいだアカネはずっと、男の後をついて歩くしかなかった。ＪＲが動いてなくてどの電車も通勤電車以上に混雑していたので、ろくに喋ることもできなかった。ただ終始ぴったりと身体をくっつけていただけだった。アカネはどっちかというと背が低いし、普段からつり革っていうもんが何となくいやだったし、大混雑もしていたので、揺れたりすると男の胸に自然と身体がもたれる。男はがっしりつり革を握り締めていて、アカネが胸をくっつけようと頰をあてようと、知らん顔で仁王《におう》立ちして、中吊り広告を眺めたり、時折アカネの様子を見たりしていた。

（この人、牛に飛ばされたときも、こんな感じであたしをかばってくれたんだなあ……）

アカネはいっとき、自分が何しに調布まで向かっているのかも忘れて、そんなことを考えたりした。

調布におりると、男は腕時計を見て、「二時五分か」と呟いた。そしてアカネを見て、

「こっからタクシーで飛行場まで行こう」

「調布に飛行場なんて、ほんとにあんの？」

飛行場っていったら羽田と成田《なりた》しか知らないアカネは、疑り深い口調でいった。

「知らねえ」男は平然とそういった。「とにかくタクシーに乗って、運転手に訊いてみようぜ」

「ふん。頼りないの」

「頼りないよ。頼りないついでにいうと、俺もう金が全然ないんだ」

「あたしだってないよ」

「あるじゃんか」男はにっこりと笑った。「ヨッチィのクレジットカードが、あるじゃんか」

「なんであんた、あたしがヨッチィのクレジットカード持ってるって、知ってるの？」アカネはびっくりして訊いた。

「知らなかったよ」男はさらに大きな笑顔になった。「でも、今知った。やっぱ持ってるんじゃんかー」

「持ってるんじゃんかー、じゃねえよ」

　ぶつくさいいながらも、アカネは財布からヨッチィのクレジットカードを取り出した。それは、いつでも使っていいからねと、ヨッチィから、正確にはべろんべろんに酔っ払ってすっかり気の大きくなったヨッチィから、気前よく渡されたものだった。

　タクシーに乗り込んで、調布の飛行場までお願いしますというと、運転手はあっさりハイと答えてクルマを出した。ＪＲが止まっているからって、さすがにこのあたりの道にまでは影響が出ていないようで、道は空《す》いていた。

　パルコがあるような賑《にぎ》やかな駅前から、静かな郊外、住宅街を眺めるでもなく見やりながらアカネは、こんなところにホントに飛行場なんてあんの？　と、まだ思っていた。つーか、こんなところで飛行機なんて飛ばせるの？

と、思っていたら、道路の左側に長い長い金網の塀が延び始め、その金網の向こうに広々とした場所が広がった。小さな飛行機もちらほら見え始めた。それでようやくアカネは、ああほんとにあるんだ飛行場、と信じる気持ちになった。

「あれ？」タクシーの料金をヨッチィのカードで支払ってから、アカネは気がついた。

「あんたさ、もしかして飛行機のチケットまで、このカードで買おうとしてるんじゃないでしょうね」

「そりゃーしてるよ！」若い男は元気よくいった。「タクシー代がないのに、飛行機代なんてあるわけないだろ！」

「なんだそれ！」

アカネは腹を立てようと思った。男の言い草は、いつもなら当然頭に来る感じのものだった。それなのに、なぜか彼女はうまく怒ることができなかった。それどころか、ちょっと笑ってしまいそうになった。

どうせあたしの金じゃないし。アカネは思った。それにこいつに付いてきて貰わなきゃ、この先どうしたらいいか判んないし。

羽田とか成田とかの飛行場に比べると、またずいぶんとちっぽけな飛行場の自動ドアを入っていくと、アカネは中を見て、おろ？　と思った。何度もいうようですけど、ここって、ほんとに飛行場なんですよね？　三十坪くらいの事務所風の平屋である。ベンチが二つみっつあって、アルミサッシの出入り口があって、その手前にカウンターがひとつあって、そこがチケット売り場になっている。ジュースの自動販売機がちょっと並んでいて、そこからミルクコーヒーかなんか買ったおっさんたちが、ベンチに腰掛けてテレビを見ている。それだけだ。釣り船の待合室と、そんなに変わりない。

ちょっと待ってよ、あのアルミサッシの出入り口の向こうの広場にちょこんと停まってる、ミニカーみたいなプロペラ機があるけど、まさかあれに乗るんじゃないでしょうね、と、アカネが怪しんでいると、いきなり若い男が前を指差して、

「あっ！」と叫んだ。

うわっまたトラブルですか？　と反射的に怯えたアカネが指差した方を見ると、数人の乗客に混じって立っている、作業服を着たおじさんと若者が、こっちを見てびっくりした顔をしていた。

「おや」徳丸社長が怪訝《けげん》そうに近寄ってきた。「あなた方は、先ほどの」

その横で与太郎君が、じっと二人を見つめていた。

真横にいたアカネだけが気付いたんだけれど、この瞬間、若い男の身体がびくっと硬直

した。最初はその理由が判らなかったアカネも、次の瞬間には心臓が喉から飛び出しそうになった。

この二人はあのおじいさんの知り合いだ。知り合いと、孫だ。そしてあたしたちは、これからそのおじいさんの残した「金のなる木」を、つまりその、盗みにいこうとしている。

「あれ？」若い男は、ちょっとうわずってはいるけれど、まあ冷静に聞こえないこともない声でいった。「どうしてこんなところにいるの？　じいさんは？」

「あなた方こそ、どうしてここに？」

「いやだからさ」若い男は理由もないのに、じれたようなフリをしてみせた。「じいさんはどうなったんだよ。俺たち心配してたんだよ」

「先生は入院されました」社長は丁寧に答えた。「病気というほどではなくて、単なる軽い熱中症らしいんですが、何しろ高齢でいらっしゃいますから、一応検査をするということで」

「じゃ軽いの」

そういう若い男の声にアカネは、死んだんじゃなかったのね、という響きを聞いたような気がした。だって自分もそう思ったから。

「はい。おかげさまで」社長はそういって、思い出したように二人の前に頭を下げた。「あなたがたが迅速《じんそく》に救急車を呼んでくださったおかげです。本当に有難うございました」

「いや別に」若い男はぎこちなく笑った。「大したことはしてないよ」

「ところで、お二人はこれから、どちらまで？」

「大したことがなかったら、良かったよ、なあ？」

そういって若い男は、アカネの肩をぽんと叩いた。

「良かったです」アカネも、そうしなきゃと思って口を開いた。「ごじぶで。じゃなかった。ごぶじで」

「いやまったく、考えてみれば、あなた方は本当に親切でした」社長はいった。「つまり、ほかの人がしてくれたことは、みんな、結局は嘘の親切でしかなかったのです。実はあれから、私たちはひどい目にあいまして」

「ほー」若い男はそらっとぼけて訊いた。「そりゃどういうひどい目だい？」

「実はですな……」

と、徳丸社長がこれまでのイキサツを一から十まで丁寧に喋り始めたところへ、アカネの携帯電話が鳴った。

「あ、ヨッチィ？　……え？　竹芝？　竹芝にいるのヨッチィ。あそう。警官と救急車しかいない？　そーね。あちしも見た見た。すごかったんだから。すごいことがあったんだから。……え？　どんなすごいことって、それはうまく説明できないよ、すごすぎて……。あちし？　あちし今、調布。来てよ調布。今すぐ来て。さっきもヨッチィの話題になったんだよ。みんなで喋ってたとこ。……ほーんとだよ。カード使っちゃってさ、それでその話。……うん。すぐ来てね。来れるから。すぐ来れるよ。そっから調布なんてすぐだよ。お願いね。来ないと誘拐されちゃうから。じゃね」

「……と、いうわけでして」

社長が説明し終わると、若い男はもっともらしい顔をして、何度も頷いた。

「そりゃーひどいねえ」男はいった。「それは犯罪だよ、犯罪そのものだ」

「私もそう思います」社長はいった。「そういうことがあったものですから、どうしても用心深くなってしまいまして、それでお二人にも、こうしてお会いしたのが偶然ならばいいんですが、どちらへいらっしゃるかと、ついお伺《うかが》いしてしまうようなわけで」

「俺たち？」

もうこれ以上引っ張れないと、腹をくくったらしい若い男は、ちょっと考えてから答えた。

「俺たちは、そのあれだ、ちょっと旅行でも行こうかと思ってね」

「そうですか」社長の眉が、ぴくっとあがった。

「婚前旅行なんだよ」男はそういって、アカネの顔を覗きこんだ。「なあ？」

「なんだと」アカネが思わず男を睨むと、男は社長に笑顔を見せながら、そっとアカネをつついた。しょーがないから、「そうなんです」と答えたけれど、内心は複雑だ。

「ちょっとワケアリでね」若い男は付け足した。「隠密旅行なんだ。だからさ、ここで会ったことは、内緒で頼みますよ。ね？」

「はあ」といいつつも、社長は誰に内緒なんだか判らなかった。

「あんたらは、どこ行くの」

「私たちは、いったん先生の郷里へ戻ります」社長はいった。「先程お話しした騒動の件で、実は与太郎君にちょっとした問題が持ち上がったようなんですよ」

「『実は』ってのが多い一日だね今日は」

若い男はそういうと、カウンターの向こうに大声でいった。

「あのね、新島まで二枚ちょうだい。お勘定はこっちのオネエチャンがするから！」

立ち食い蕎麦《そば》でも注文するような口調だ。その日は飛行機も空いていて、席はすぐに取れた。ところが、

「申し訳ございませんお客様」航空会社の人がいいにくそうに、カードを出したアカネに

いった。「当社ではクレジットカードは扱っておりませんので」

「ええっ！」アカネも若い男も、それを聞いてたまげた。「飛行機のチケットを、現金で買えっていうの？」

「申し訳ございません」

どこまでアナログなんだ、とアカネは心の中で悪態をついたが、そんなことといってる時間は全然ない。新島までの航空運賃はお一人様1万4000円、今すぐ現金で2万8000円を用意しなければならない。そんな用意、できるわけがない！

「どうしよう？」アカネは男に振り返った。「どうする？」

と、若い男はすでに徳丸社長に借金の交渉を始めていたのであった。

「ほんと申し訳ないんだけど」若い男は別段恥じる様子もなく、申し訳なさそうですらなかった。「まさかここへ来てカードが使えねえとは思わないよね。向こうに着いたらすぐに返すから、一時間だけ金貸してくれないかなあ」

「いや、お貸ししたいのはやまやまなんですが」徳丸社長も困惑顔だった。「私も今ここで二人分のチケットを買ってしまって、手持ちがありません。なにしろ、こんな」と作業服の胸をちょっとつまんで、「こんな格好で、仕事の途中に抜け出してきたままだもんですから」

「そうかい。そりゃ困ったなあ」

と、さすがの若い男も万策尽きた様子だ。

アカネはちらっと、ヨッチィのことを思い浮かべた。あの男が全速力でここへ来てくれれば、お金は何とかなるかもしれない。だけど、もう二時三十五分だった。いくらヨッチイがあたしに夢中だとしても、あと五分や十分で竹芝からここまで来られるはずがない。それに……。

「あの」

その時、社長の隣でずっと黙って立っていた与太郎が口を開き、アカネの思考（？）を中断した。

「あの、僕、持ってます」

「持ってるって何を」若い男が訊いた。

「お金を持ってます」

そういって与太郎は、いきなり作業服のズボンの後ろに手を突っ込んで、下着の中からぺったんこの、粗末で古びた財布を取り出した。

与太郎に突き出されて、若い男がそれを受け取ると、ぺったんこというより、ひらひらしたスルメみたいなその財布には、同じようにひどく古そうな一万円札が、十枚入っていた。

「これ、借りちゃっていいのかい？」

与太郎は頷いた。

しかし、いかにもワケアリな金、というより紙幣である。若い男はしばらくその金を見つめていたが、

「考えてる暇はねえや」と呟き、与太郎に向かって、

「ありがとう！」

と財布を額に当てて、すぐ振り返ってその、生暖かさの残る金で、チケットを二枚買った。

「同じ飛行機に乗るんだから安心だろ？」残りの金の入った財布を与太郎に渡しながら、男はいった。「こっちゃあ踏み倒そうったって、できやしないよ。ほんとにありがとうな。恩に着ます」

「それでは」航空会社の社員らしい、半袖の男が大きな声でいった。「ただ今より搭乗手続きを始めます。お名前を呼ばれた順番に、こちらへ二列にお並びください」

徳丸社長は前から三列目、与太郎はその隣、与太郎の真後ろが若い男で、アカネは男の隣だった。

航空会社の人に並ばされながら、アカネは若干、上の空だった。チケットを手に入れてから、やけに真面目な顔をしている若い男の横顔を盗み見るようにしながら、さっき中断した思考の続きを、ぼんやり考えていたのだ。つまりヨッチィのことを。

あたしは本当は、ヨッチィにここまで来て欲しく、なかったんだなあ。

さっきヨッチィから電話がかかってきたとき、彼女は、今自分は「調布」にいる、と答えたのだった。それは自分としては、何気なく出た、当たり前の返事だと思っていたけれど、そうじゃない。もしヨッチィに、本当にここへ来て欲しかったら、あたしは「調布の飛行場にいる」っていっていただろう。いやいや、それよりもっとはっきりと、新島に向かっているんだって、どうしてさっきから、ひと言もあたしは伝えないんだろう？

お酒を呑んじゃあ甘い言葉をいって、言葉だけじゃない、愛してる証拠を見せるよって、クレジットカードを渡してくる、ヨッチィ。

お前のことなんかどーだっていいんだといわんばかりに、あたしを馬鹿にしたりからかったりして、ずーっとにこにこ笑ってて、でも身体を張ってあたしを助けてくれて、でもそんなこと、ひと言もいってこない、この馬鹿男。

アカネは判んなくなってきた。判んないまんま、飛行機に向かって歩かされた。

「ところで」若い男は歩きながら、徳丸社長に振り返った。「さっきいってた、与太郎君の問題ってのはナンなの。仕事ほっぽらかして帰らなきゃいけないくらいの大事件なのかい？　じいさんだって、そばについててあげたらいいだろうに」

「これは先生の指示なのです」徳丸社長はいった。「それに先生の横におりましても、私たちにできることはあまりありません。私たちも考えて、こうしたほうがいいということでして」

「ホー。それは？」

「それはですね、実は……」

ブオーッ！　だんだんだんだんだんだんだんだんだんだん！　ばりばりばりばり！　ンゴーッ、ンゴーッ！　ずわっ、ばーん！

これをね、三時間切れ目なく聞かされ続けてるんですよ、グレースとフィリップ、それに剣菱は。

釣り客やバックパッカーたちと混じって、くしゃくしゃのヨレヨレになったブランドの洋服を着たグレースとフィリップ、スーツ姿の剣菱は、波にぶつかって激しくバウンドする座席にしがみついていた。揺れまくって海面をぶった切って超乱暴なスピードで進んでいく船の座席で三人は、背後から襲いかかってくる海風に、びゅんびゅん煽られていた。

「なんなのこれは！　私たちのような人間がいる場所じゃないでしょう！　特等席じゃなきゃ、私イヤよ！」

なんてことをグレースが絶叫（なんせいろんな音がばんばん鳴ってるから、絶叫しないと誰にもなんにも聞こえない）できていたのは、最初のうちだけだった。スタッフにチケットの切り替えを頼み、ジェット船には特等も一等もありゃしませんといわれてからは、グレースもフィリップも、ひたすら船酔いと闘いながら、せめて余力を失うまいと黙っていた。

竹芝桟橋から新島へ向かう高速ジェット船というのは凄い船で、普通の客船が夜通し、十時間くらいかけてゆったりと進む航路を、三時間ほどでぶっ飛ばしていく。優雅なクルーズのイメージなんか、カケラもない。

ブオーッ！　という汽笛の音、だんだんだんだんだんだんだんだんだん！　というエンジン音、ずわっ、ばーん！　という波を砕《くだ》く音、ばりばりばりばり！　ンゴーッ、ンゴーッ！　という、何だか判らない音の中で、セレブ夫妻は蒼い顔を通り越した、レンガ色と紫色を足したような顔色で、ひたすら「金のなる木」のことだけを考えていた。

「揺れますなあ」

揺れてるも揺れてないも関係ないとしか思えない、元気な顔色の剣菱が、おなじみ満面の笑みを浮かべて、夫婦に近寄ってきた。

「しかしまあ、不幸中の幸いといいますか、この船は空いておりますな。満席になるまで船も待ってられなかったようです。何しろあの騒ぎではネエ」

グレースもフィリップも、返事どころか身動きもしなかった。

「一時はどうなることかと思いましたよ」剣菱は平気で喋り続けた。「お二人を見失ってしまった時には、もうこれでオシマイかと、いやその、お二人の身を案じて、という意味ですがね。アハハハハハハ。万が一にもお二人が、この船に乗っておられなかったら、私はもう、どうしたらいいかと。いやその、身を案じてという意味でネエ。アハハハハハ」

不意にフィリップが、剣菱をきっと睨みつけた。

「しかしお二人とも、大したもんですなあ」睨まれたって、剣菱にはカンケーないのであった。「あの騒ぎの中を、こうしてきちんと切符を買われて、乗船なさってるんですからなあ。私もこれまでの人生で、まあさまざまな豪傑や猛者《もさ》を見てきましたが、闘牛が駆けずり回ってる真只中《まっただなか》で船の切符を買ったという人を見るのは生まれて初めてです。よっぽど肝《きも》の据わった方々なんですなあ、あなた方は」

フィリップがいきなり剣菱に向かって、ふくれっ面をして見せた。

「いやいや、からかっているのではありませんよ」剣菱は笑った。「そんなお怒りになららなくても」

「う」フィリップがいった。「うぐっ」

ふくれっ面をした口の間から、なんか出てきました？　と思うまもなく、フィリップは座っている剣菱の胸を突き飛ばし、足の上を踏み越えて、口を押さえながらトイレに向かって突進した。

「うぐぇぇぇっ」

「なるほどゲロですか」

トイレからもれてくる、猛烈なエンジン音や波の音をさえ越えるほどの大音量を聞きながら、剣菱がそういってグレースに語りかけようとすると、

「うぷ」

グレースも剣菱をまたいでトイレに駆け込んだ。

「ほほう」

剣菱はそう呟いて、二人が戻ってくるのを待った。が、戻ってこなかった。

戻ってこなくても構うもんか。剣菱はそう思って、一人で座席に腰を下ろしながら、悠然と腕を組んだ。船の上だ。見失う気遣いはもうない。あいつらに引っ付いていれば、いずれ「金のなる木」は手に入るんだからな。

そして剣菱は目をつぶり、やがてぐーぐーイビキをかいて寝入ってしまった。

「お知らせいたします」一時間ほどして、船内放送があった。「当便はまもなく、新島に到着いたします。なお、新島の次は、式根島に向かいます。式根島到着は午後四時二十分を予定しております」

シキネジマ？

トイレの個室でおのおの苦しんでいたグレースとフィリップは、それを聞いて思わず立ち上がった。

「式根は静岡県ではありません」

タクシーの中で与太郎がいった言葉を、二人は各自、思い出していた。

「式根は東京都新島村です」

じゃ、シキネっていうのは新島の中にある地名じゃないのか。式根島っていう島が、もうひとつ別にあるってわけか！

伊豆諸島に行こうって人なら大概知っている事実に、二人はこの時初めて気がついた。

船の音が穏やかになった。速度も明らかに落ちていった。新島に到着したのだ。

よし！　フィリップはトイレットペーパーで素早く口をぬぐうと、甲板《かんぱん》に向かった。このままこの船に乗っていれば、式根島に着く。そしたら観音様を見つけて、その下を掘り返せば、俺たちは大金持ちだ！

グレースも甲板に上がってきた。二人がまったく同じことを考えているのは、すっかり紅潮して健康的になった顔色を見れば明らかだった。

だがその顔色は、船が港に近づいていくにつれて、またしても蒼ざめていった。港に見えるたくさんの人の中に、彼らを出迎えに来ている人影が、だんだんと見えてきたからだ。

それはパトカーと、数人の警察官だった。

八、乗り物の中では静かにしましょう

けろりと晴れ上がった青空の下に、青々とした小山が見える。その小山に道がのびている。その道は小山の下を一直線に走る車道につながっている。車道の手前は白いコンクリートで整備された広場みたいになっている。その広場から海に向かってコンクリートは、巨大なワイシャツの袖みたいに、海に向かって突き出ている。――それが桟橋だ。

グレースとフィリップ、それに剣菱と、数十人の平和な乗客を乗せた高速ジェット船は、その桟橋に沿って、慣れた感じでトトトトト、ほいっ、と停まった。

それはジェット船の船長にとっても、島民だったり旅行客だったりする乗客たちにとっても、別にどうということのない新島への到着だったに違いない。だけど彼らにとっても、ちょっといつもと違うなと思わせるところが、ひとつだけあった。それが桟橋に停車している何台かのパトカーと、何人かの警察官だった。

桟橋にパトカーが停車していること自体は、珍しいことじゃない。文字通り「水際対策」というくらいで、湾岸警備はどこでも大切な警察の仕事だ。とはいえ、穏やかな観光地であり、のんびりとした気候の新島に、こんなに緊迫した空気をみなぎらせて警察官が集合しているなんて、めったにないことだ。しかもその警察官たちは、明らかに彼らの乗っている高速ジェット船に用事がある様子だ。

「なんだろうね？」なんつって、呑気に窓から桟橋を覗き込んだり、甲板に出て見物し始めた乗客の声に気付いて、剣菱も外を見てみた。見てみた途端に、例の脳内悪知恵コンピュータが、ばちばちばちばちっと事態の深刻さをはじき出した。

ばちばちばちばち……警察ガ来テル警察ガ来テル。↓ダレカヲ捕マエニ来タ。↓誰ダ誰ダ。↓警察ヤバイヤバイ。誰ダ誰ダ。↓アイツラ。↓アノせれぶ夫婦ヤバイ。↓与太郎カッサラッタ。誘拐。↓ナゼコンナスグ、バレル。↓通報者。↓社長。徳丸。ばちばちばち、チーン！　回答その1＝警察ガ夫婦ヲ捕マエニ来タ。チーン！　回答その2。剣菱、オ前モ巻キ添エヲ食ラウゾ。

剣菱は立ち上がって乗船口へ駆け出した。

「ところで」

調布の飛行場で、若い男は飛行機に向かってみんなと一緒に歩きながら、徳丸社長に尋ねた。

「さっきいってた、与太郎君の問題ってのは、結局ナンなの？」

「それはですね」徳丸社長は答えた。「実はですな、つい先ほど与太郎君は、危《あや》うく人さらいにさらわれてしまうところだったのですよ」

「ホントかい？」

若い男は大げさに驚いて見せた。本当は彼だって、渋谷のモヤイ像前で、グレースとフィリップが与太郎を無理やりタクシーに乗せたところは遠くから目撃してる。でもここはとっさの判断で、なるべくあいつらとは無関係だってところを、社長たちにアピールしといたほうがいいだろうと考えたのだった。

「呆れた話で、私も驚くばかりでした」社長は話を続けた。「なんせ私の目の前で、夫婦とおぼしき男女の二人組がこの与太郎君をタクシーに連れ込みましてね。道路が大混雑していたものですから、さいわい大事には至りませんでしたが。さっきはあなた方もその犯人たちの、ごく近くにいたんですよ」

「へえー」脇で聞いていたアカネも、調子を合わせて社長に話をさせた。

「最初はどうしてそんなことをするのか、さっぱり理由が判りませんでした。ところが与太郎君を何とか助け出しましてから病院へ行きまして、先生に事情をお聞きしますと、詳しいことは憶えておられませんでしたが、どうやら彼らは、与太郎君を式根島まで連れて行って、先生の最新のご研究に関わる何かを、盗み出そうとしているようなのです」

表面上にこやかに話を聞いていた若い男の目が、誰にも気付かれないところで、キラッと光った。

与太郎君を式根島まで連れて行く？

さっき竹芝桟橋の船の運賃表を見たとき、若い男は、伊豆七島の中にそういう名前の目立たなそうな小島があるらしいことを、初めて知った。でも切符は新島までしか買わなかった。そりゃそうだ、観音様は新島にあると、今の今まで思い込んでたんだから。

でも今の徳丸社長の口からこぼれた話では、そうじゃない。あの気取ったセレブ夫婦は新島じゃなく、式根島に行こうとしていた。与太郎がそういったからだ。観音様は式根島にあるんだ。

「彼らはタクシーにも、行き先を竹芝桟橋といったそうです」若い男の考えていることも知らず、社長は話し続けた。「それを与太郎君が聞いておりましたので、それらの情報をもとに警察に通報しましたところ先生がおっしゃいますには、私たちも式根島へ向かった方がいい、警察にも協力できますし、何より、その先生のご研究を護るのが急務であるというのが、先生のお考えでして」

「あそう—」若い男はそういって、アカネをチラッと見た。

アカネにはそのチラ見の意味が、判ったような判んないような気がした。

「彼らは恐らく、式根には船便しかないと思ったのでしょう」徳丸社長は続けた。「しかし実際には、この飛行機の便と船とは、おおむね同じくらいの時間に新島へ到着するんですよ。そこから先は連絡船に乗れば十分で着きます。まあ、どうせ彼らは船が新島に着いた時点で逮捕されるでしょうけれどもね」


フィリップは事態を把握するのに三十秒ほどかかった。グレースは一発で理解した。彼女はもうずっと前から、自分が夫と一緒に誘拐未遂事件を起こしたことにびくびくしていたのだ。おまけに彼女はフライパンでアカネを張り倒している。そもそも今バッグに入っている乗船券だって盗んで手に入れたものだ。警察が手ぐすね引いて待ち構えているのは当然のことなのだ。全身が震えてうまく歩くことができず、よたよたしながらトイレから出てきたグレースは、自分と同じくらいよたよたしているフィリップにすがりついた。

「あなた!」グレースは人前も構わず絶叫し、慌てて口をおさえた。「お、お、表にけけけ、警察が」

「判ってる」フィリップは渇ききった喉から、かすれた声を出した。「あああ、慌てるな。

まだ、僕たちと関係があると、決まったわけじゃない」

「お客様にご案内申し上げます」

船内アナウンスが鳴り響いて、夫婦はびくっと身体を痙攣《けいれん》させた。

「ただいま、当船は新島に到着いたしましたが、警察当局より捜査協力の要請がありましたため、乗員乗客の上陸を見合わせております。お客様には誠に申し訳ございませんが、今しばらく船内にてお待ちくださいますよう、お願い申し上げます」

船内はいっそうざわめき始めた。お年寄りなんかは真剣に、どうしたんだろうネエ、悪いことがなきゃいいけど、なんていい合っている。中年くらいの連中は、今日は本当に災難続きだ、東京のど真ん中に牛が出て、電車が止まって、ようやくここまで来たと思ったら、今度は警察沙汰《ざた》と来たもんだ、と腹を立てている。若い人はというと、面白がっちゃって、お前を捕まえに来たんじゃねーの？　やめてよー、なんてお互いを突っつき合っている。そんな中でただグレースとフィリップだけが、隅っこの座席に寄り添って、できるだけ平静を装おうとしていた。といったって、顔だけオスマシして全身はがたがた震えてたんだけどね。

がたがたがた。がたがたがたがたがたがたがた。

「乗客のかた、ホントすいませーん、警察ですう」

そう若いとも思えない、小太りの警察官が、ほかの警察官数名と一緒に客室へ入ってきて、大きくてぼけーっとした声で叫んだ。

「すいませんけどお、ちょっと捜査に御協力願いますう。すぐ終わりますんでえ、ちょっとこっちに、一列に並んでもらえますか。すいませーん」

四十人ほどいた乗客たちは一列に並ばされ、甲板のところで質問された。身分証明書の提示を求められて、どうして新島まで来たのかとか、その理由を証明できるものか人はいるかとか、いちいち尋ねられた。あげくのはてには船から降りたら、警察の指示が出るまで新島を出ないで欲しいという意味のことを、強制でないといいつつも、でも事実上命令に近い感じでいい渡されて、ようやく解放されるのだった。

「冗談じゃないよ」乗客の一人が警察につっかかった。「俺はこれからこのまま、式根島まで帰るんだ。こんなところで足止め喰らったら仕事になんないよ」

「式根島なら構わないよ」警察官があっさりそう答えたのを、列の一番後ろで聞いたグレースとフィリップは、一縷《いちる》の希望をそこに見出した。——その時はね。でもすぐに警官が、「あんたは気にしなくていいよ、宮川《みやがわ》さん。奥さん元気かね」といって笑い始めたので、希望はすぐにしぼんだ。顔見知りなんじゃないか。グレースはまた、がたがたがたと震え始めた。

列に並びながら、だんだん捜査の手順が判ってきた。警官たちもまた地元民だから、顔見知りの島民はすぐに「あ、いいよ」で終わってしまうけれど、旅行者や見かけない顔は詳しく突っ込んでいくのだ。それも男一人か、カップルであればとりわけ念入りに尋問されている。自分たちと同じくらいの年代の夫婦者（といったって、しょせん同列には論じられない「庶民」にすぎないが）が何組か、さんざんものを尋ねられたあとで、船を降ろされることなく、といって客室に戻されるわけでもなく、甲板の隅に待たされているのを見て、グレースとフィリップのがたがたはいよいよ激しさを増してきたのであった。

さて剣菱はというと、最初のうちこそ慌てて船から飛び出そうと駆け出しはしたが、乗客全員の身元を警察が調べると判ってからは、かえって泰然自若《たいぜんじじゃく》、ゆうゆうと自分の順番を待っていた。こうなりゃもうマナイタの上の鯉《こい》だ、と腹をくくったのでもあったが、剣菱は警察から何をどう訊かれようと、シラを切りとおす自信があったのである。だってホラこの人は、こういうこと、初めてじゃないから。お父さんの一件では警察よりもさらに厳しい、検察庁というところで何日も何日も尋問を受けた経験の持ち主なんである。あれに比べたら田舎《いなか》の制服警官なんてちょろいもんだと剣菱は思っていた。それにだ。とぼける、ごまかす、しらばっくれるというのは、政治家には欠かせない重要な資質であって、これができなきゃ立候補してヒトカドの政治家になることはおろか、当選することだって危いもんである。よし、ここはいっちょう、日ごろの修練のタマモノを見せてやろう、何を訊かれても知らぬ存ぜぬ、必要とあらば新島の有力者のところへ挨拶に参ったと、それらしい嘘もついてみせようと、はりきって尋問の順番を待っていたのであった。

ところが。

「えーっと、次、あなた」のんびりした顔の並ぶ警官の中でも、とりわけぼんやりした感じの中年警察官が、剣菱に向かっていった。「お名前とご住所をお願いします」

「剣菱次太郎です」

剣菱がそういったとたんに、警官の顔が一転、厳しい目つきに変わった。

「剣菱さん?」警官がそういうと、他の人たちを調べていた警官たちも、それを聞きつけて顔を向けた。ほかの人への質問を途中でやめて、剣菱の背後に回ってきた警官さえいた。

「そうですけど?」

剣菱は返事をしつつ、自分を囲み始めた警官たちを恐る恐る見回した。

「身分を証明できるものは、何かありますか」警官は口調を変えた。「免許証とか」

剣菱は明らかに雰囲気の変わった警官に、財布から抜き出した免許証を見せた。警官たちはその免許証の間抜けな写真と実物を何度も見比べると、隣の警官に渡し、その警官もまた顔と写真を見比べて、次の警官に渡した。ひそひそ話をしている警官もいれば、桟橋に向かって駆け出す警官もいた。

「剣菱さん」警官はいった。「あなたはこの船に乗る前、どこで何をしていました？」

そんなことを訊かれた乗客はほかに一人もいない。剣菱は蒼くなった。

「なんでそんなこと訊くんだ」剣菱はそういいながら、心の中で（厚顔無恥《こうがんむち》、厚顔無恥）と呪文を唱《とな》えた。「そんな質問に答える必要はない」

「いやいや」警官は苦笑いをしていった。「私はただ、船に乗る前にどこにいましたか、って訊いてるだけじゃないですか」

「だからそんな質問に答える必要は」

「どうして答えてくれないの」別の警官が身を乗り出してきていった。「簡単な質問じゃないですか。竹芝にはどうやって来たんですか、ってだけですよ。電車ですか、それともタクシー」

あっ！　剣菱は思わず声が出てきそうになるのを、慌てて口でふさいだ。タクシー、といわれて悪知恵コンピュータが作動したのだ。

ばちばちばちばち、通報シタノハ徳丸社長。徳丸ト自分ハ一緒ニたくしーニ乗ッタ。徳丸ハ剣菱ノ名前、知ッテル知ッテル。

やばいっ。

「どうしたの」口をおさえたままフリーズしている剣菱に向かって、警官がいった。「具合が悪いの？　それとも、具合の悪いことでも、何かあるの？」

剣菱は悪知恵コンピュータが、この窮地を脱する方法を計算で出してくれるのを、二秒待った。でもコンピュータはばちばちいうばかりで、もう何も答えを出してはくれなかった。

「うわあっ」

頭の中が完全な空白となってパニックを起こした剣菱に、周囲の警官たちは色めきたった。

「なんだっ。どしたっ」

頭を抱えて叫び始めた剣菱は、意味も判らずくるっと後ろを向いて走り出そうとしたところを、警官たちに取り押さえられた。

「待ちなさいっ」

「落ち着けっ」

そして剣菱は急激に落ち着いた。振り返ったときに、列の後ろでがたがたしている、グレースとフィリップの姿を目にしたのだ。そしてその瞬間、フリーズしていた悪知恵コンピュータが再稼動し、剣菱に素晴らしいサゼスチョンをしてくれたのである。

ばちばちばち。剣菱ハ、違法ナコトハ何モシテイナイ。無罪無罪。警察ガ捜シテイルノハ、アノ二人。二人突キ出セ、突キ出セ。

「おまわりさんっ」

剣菱は錯乱から瞬時に生還（こういうの生還ていわないけど）し、血走った目で警官を見据えた。

「おまわりさん、助けてください」

「えっ？」警官たちは剣菱の態度があまりにもくるくる変わって、あげく救助を求められたので、どういうことなのか全然理解できなかった。

「あなたがたはもしかしたら、徳丸さんという人から通報を受けて、その人のお世話になった老人の孫である与太郎君という人物を誘拐しようとした犯人を捜しているのではありませんか」

さっきまで尋問に盾突いていたのが、絶叫したかと思うと今度は立て板に水と喋り始めた。警官たちは気圧《けお》されながらも、

「う、うん」と頷いた。「実はその通報の中で剣菱という人物の名前が挙がっていてね」

「そうでしょう。確かに私はつい先ほどまで徳丸社長と一緒のタクシーに乗っていまし

た。二人で誘拐犯人を追跡していたのです」

「なに」

「そうだったのか」

「ええ」剣菱の脳内アドレナリン分泌量は、瞬時にはねあがった。「犯人と与太郎君を乗せたタクシーを見つけた私たちは、高速道路のど真ん中で車を降り、対向車線からびゅんびゅん走ってくるトラックや戦車をよけながら追いかけました。そして私たち追っ手を振りはらわんとして時速百二十キロで逃げるタクシーに飛びかかったのです。若い頃は陸上選手として名をはせた私はタクシーの屋根にしがみつくことができましたが社長はドアにしがみつくのが精一杯でした。しかしわざわい転じて福となす、社長がつかまったドアが開いて与太郎君が外に転がり落ちました。とっさの判断、社長は与太郎君を抱いて車道に転がっていきました。社長ーっ！　私は思わず叫びましたが爆走するタクシーの屋根にいてはどうすることもできません。それが社長と与太郎君を見た最後でしたがご無事で何よりでしたなあ」

「そのあなたがどうしてこんなところに」

「それです。与太郎君の救出には成功しましたが誘拐犯人はまだタクシーの中にいる。このまま奴らを逃がしてはこの世に悪がはびこってしまう。そう考えた私は屋根からドアの開いたまま疾走するタクシーの車内にバック転で足から飛び込んで行きまして、悪漢どもを一網打尽《いちもうだじん》にしてくれようとしましたところ、あにはからんや敵はでっかい拳銃をこちらに向けていたのであります。なんたることか、飛び道具とは卑怯なりと叫びましたが相手は悪漢、手段を選ばず私を拉致いたしましてここまで連れてこられました。従いまして私は誘拐とは何の関係もない善良なる一市民。共犯者どころか被害者なのです。助けてください」

「してその誘拐犯人は今どこに」

「あそこです」剣菱は列の後ろで目を見開いてがたがた震えているグレースとフィリップをずばりと指差した。「あの二人連れこそ誘拐犯人、天下の悪党なのです」

「者ども！」警官の一人が号令をかけた。「あの夫婦者を逮捕せよ！」

「ひええーっ」

拳銃を持っていると思い込んでいる警官たちが、じりじりとにじり寄ってくるのを、グレースとフィリップはどうすることもできなかった。ただがたがたがたがた、がたがたがたがたと震えながら、お巡りさんに捕まるのを待っているしかなかった。がたがたという全身の震えは今は痙攣《けいれん》も通り越し、たて揺れとなって二人を不自然なまでに振動させていた。がたがたがたがたがたがたがたがたがたがたがたがたがたがたがたがたがた。

「おとなしくしろ」警官がゆっくり近づきながらいった。

がたがたがたがたがたがたがたがた。

あれおかしいぞ。

「無駄な抵抗はやめろ」

がたがたがたがたがたがたがたがた。

窓ガラスやドアも振動してる。っていうか、船の床板が震えてないか？

「ゆっくりと手をあげるんだ。そしてその手を……」

がたがたがたがたがたがたがたがた。

どばーん!!

耳をつんざく破壊音とともに、船がぐらん！　ぐらん！　と二度大きく揺れた。

「なぬっ」

警官だけじゃなく、その場にいたすべての人間が、爆音のした甲板に振り返った。すると明らかに人間よりも大きくて強いケモノの怒り狂った雄たけびが、

「んもーぉ！」

「牛だぁあッ！」

船の貨物室からコンテナを運び出そうとハッチを開いたのと同時に、それまで狭い中に

閉じ込められていた闘牛「猛烈三号」、こいつは竹芝での混乱のさなかにそこへ迷い込んでいたわけだが、これが解放されて怒りを爆発させ、どいつもこいつもぶっ飛ばしてやるとばかりに貨物室から飛び出し、甲板から船内に向かって突進し始めたのである。

警官も乗客も乗員も、たちまち平常心を失って滅茶苦茶に逃げ惑い始めた。

それはアカネがヨッチィと一緒に韓国にショッピングに行ったりしたときの飛行機とは全然違うシロモノだった。どんなものでも物体というのは、近くに寄ればそれだけ大きく見えてくるのが普通なのに、その飛行機は歩いて近寄れば近寄るほど、ちーちゃくなっていくようにさえ思えた。

「ちょっと」アカネは並んで歩きながら、徳丸社長と楽しそうに話している若い男のわき腹を突っついた。「ちょっと」

「なんだい？」

「あの飛行機に乗んの？　まじで乗んの？」

「そうだよ」若い男は笑って答えた。

「あたしも？　あたしも乗んの？」

「お前も乗るんだよ。みんな乗るんだよ」

若い男はそういって、他の乗客たちをちらっと見た。つられてアカネも周囲を見回した。むさ苦しい男が大半だけれど、それにしても別に飛行機の小ささにおびえている人はいなそうだ。しょうがないからアカネも三段くらいしかないタラップ（っていうか、低めの脚立《きゃたつ》）を上がり、頭がドアの屋根にぶつからないよう注意しながら、機内に入っていった。

狭い。現実とは思えないくらい狭い。

ちょっと大きい人だったら両手を横に伸ばすと左右の指がついちゃうくらいの幅しかない。その両脇に座席が、一列ずつ並んでいる。片方に八席か九席か、それくらい。床は人が歩くたんびに軽くバウンドした。

「ちょっと。ちょっと」アカネは隣で平然とシートベルトを締めている若い男に、また声をかけた。

「なんだよう」

「あのさ」アカネは周囲に遠慮して、耳打ちするような小声でいった。「この飛行機、本当に大丈夫なんだよね？」

「大丈夫だよ」若い男はいった。「っつーか、これまでは大丈夫だった、ってことだけどね」

「どういう意味よ」

「そらそーだろ？　人間誰しも、先のことは判らねえや。一寸先は闇ですよ」

「やめてよ！」

「心配すんな」若い男はそういって、アカネの震えている腕を、ぽんぽん、と叩いた。

「この飛行機が海の上で真っ二つになったら、さっきみたいに俺が抱えて落ちてやるから」

「死ぬわ、馬鹿」

アカネはそういって男を睨みつけたけれど、内心ではなぜか、今のひと言でちょっと安心していた。

「おう」

若い男はそんなアカネはもう相手にせず、ベルトをしたままの格好で窮屈に身体を振り向かせ、与太郎に声をかけた。

「与太郎さんよ、さっきは悪かったなあ。金借りちゃってなあ。向こうに着いたら、きっと返すから、それまで勘弁な」

「はい」与太郎は答えた。「勘弁します」

「そうかい。そりゃ有難いや」

「あのお金は、返さなくてもいいです」

「何いってんだい」男は答えた。「俺はな、こんなちんぴらみたいな喋りかたはするけれどさ、借りた金を返さなかったことは、一遍《いっぺん》だってねえんだぜ。ましてあんたみたいな、若くて金もなさそうな人から、あんな大金を借りといてよ、返さねえなんて非道なことは、俺はしないんだ」

「僕はお金持ちです」

「そうなのかい」

若い男は興味なさそうに前を向いた。与太郎に金を返さないんじゃないかと疑《うたぐ》られたように思えて、機嫌を損《そこ》ねたのでもあった。

きゅいーん、と大きな音がして、エンジンがかかり、プロペラが動き始めた。飛行機が滑走路に入るためにカーブした時点で、アカネは早くも座席のひじ掛けを握り締めた。滑走路で飛行機が走り始めると、もう目を開けていられなかった。で、次に目を開いたときには、飛行機はもう凧《たこ》みたいに、低いところをふうわりと浮いていた。

窓の外にはかなりはっきり、家やビルや道路を走る自動車が見えた。しばらくすると海が近くなった。

若い男はもう一度与太郎に向き直った。

「おい、見てみ」男は窓の下を面白そうに指差した。「あれ、江《え》ノ島《しま》だぞ。見えるか?」

「はい見えます」

「すごいなあ。調布から来て十分かそこらで、もう江ノ島だもんなあ」

「はい」

与太郎が後ろの座席で、興味深そうに窓の下を見ている。若い男の機嫌はすぐになおった。座席と窓の隙間から、無理に顔を近づけて、男は与太郎に話しかけた。

「だけどさ、あの金、大事にしてたもんだったんじゃないのかい？　ずいぶん古そうな金だったけど」

「おじいちゃんがくれました」与太郎は答えた。「僕が島を出て、徳丸社長の会社で働くことになったときにくれました。餞別《せんべつ》というんだそうです」

「そんな大切な金、ダメじゃねえかよ」若い男はあせった。「こんな見たことも聞いたこともねえ男と女にぽろっとやっちまったら、ダメじゃねえか」

「おじいちゃんはこのお金を、僕が誰かに、ぽろっとやっちまうためにくれたんです」与太郎はそういって、ズボンの中にしまいなおしてあったぺったんこの財布を、また取り出して若い男の前に突き出した。「まだありますから、あげましょう」

「いらねえよ」若い男はのけぞって手を振った。「しまっとけ、そんなの」

「そうですか」与太郎は素直に財布をズボンの中に押し込んだ。

「なんだってあのじいさん、そんな金をお前にくれてやったんだろうなあ」男はいった。それから小さな声で、「やっぱ、ちっとボケてんのかもしれねえなあ……」

「おじいちゃんは、僕にお金の使いかたを教えてくれたんです」与太郎は答えた。「お金というのは、持っている分だけ人にあげないといけないんだと、おじいちゃんはいっていました。そうしないとお金持ちになれないんだそうです」

「なんだいそれ」男はびっくりしていった。「メチャクチャだよ、そんなのは。金持ちってのは金が手に入ったら、大事にとっとくもんじゃねえのか？　こちとら金持ちじゃないから知らないけど」

「お金は大事にとっておくと、怠《なま》けるんだそうです」与太郎はいった。「怠けて、腐るんだそうです。でもお金は腐らなくて、お金を持っている人間の身体が腐っていくそうです。目玉や頬っぺたが腐って、地面にどろっと落ちるそうです。おちんちんも腐るそうです」

「そりゃー大変だ」男はからかっていなかった。「確かにそういう連中は、いくらもいるや」

「だからお金は、入ってきたら、どんどん家から追い出さないといけないと、おじいちゃんはいっていました。そうするとお金は、またすぐ家に戻ってきます。また追い出します。お金が、俺はもう働いてきたから、家に置いてくれよ、といっても、まだまだ追い出さないといけません。何べんも何べんも追い出していると、お金がへとへとになります。そうして僕の前に正座をして、すみません、もうくたびれて働けません、どうぞあなたの家に置いてくださいと、頭を下げてお願いに来たら、置いといてあげるんです。そうすれば必ずお金持ちになるんだそうです」

「へえー」若い男は感心していた。「そんなもんかねえ。そんなもんかも知れねえなあ。おめえのじいさんは、なかなか偉いことというもんだなあ」

「おじいちゃんがいったんじゃありません」与太郎は平然といった。「塩原多助《しおばらたすけ》という人がいったことを、おじいちゃんが僕に教えてくれたんです」

「まあ、ナンだっていいや」男は考えながらいった。「だけどよ、だったらお前、なんだってその金を、今まで後生大事にパンツの中にしまってたんだい？　これまでどうして、誰にもやっちまわないでいたんだい？」

「だって」与太郎は答えた。「僕には友だちが一人もいなかったからです」

「俺だって別に友だちじゃねえや」

「あなたは友だちです」与太郎はいった。

「どうして」

「だってあなたは、僕の代わりに、おじいちゃんとお話をしてくれましたから」

「知ってんのか、それ」

じいさんがモヤイ像の前で倒れたとき、若い男を与太郎だと思い込んで話しかけてきたときのことを、与太郎はいってる。

「さっき病院で、おじいちゃんが教えてくれました。おじいちゃんはちょっとのあいだ、どこがどこだか、誰が誰だか判らなくなったんだそうです。それでもあなたが、親切に介《かい》抱《ほう》してくれて、話し相手になってくれて、救急車も呼んでくれて、それでおじいちゃんは助かったそうです」

「そりゃそうだけどよ」若い男は照れて顔が赤くなった。「そんなのは、お前、別にどうってことはねえよ」

そういって男は、それ以上与太郎と話をするのが恥ずかしくなったのか、前を向いてぽりぽり頭をかき、腕組みをして、やがて目をつぶってしまった。

だけど、眠る時間なんて全然なかった。しばらく雲ひとつない海の上を飛んでいた飛行機は、やがてただでさえあんまり高くなかった高度を落とした。ふと気がつくと目の前に、緑に覆われた島が浮かんでいる。初めは亀が昼寝でもしているように見え、それから亀にしてはやけに甲羅《こうら》が平らだと思い直し、こんな原生林だらけの島に空港どころか人間なんかいるのかと思えていたのが、近づくにつれて道路や人家、港や人の影が見えてきた。あれが空港かな、と思った一分後には、飛行機はきゅるきゅるきゅるきゅる……と急ブレーキみたいな音を立てて、軽やかに着陸した。

空港に着くと若い男は、アカネのことなんか見向きもせず、すぐにちっぽけな空港のロビーにあった、地方銀行のＡＴＭに駆け込んで、なけなしの貯金からお金をおろして、与太郎に渡した。

「はいよ」

「いいんです」与太郎はいった。「あのお金は、返さなくてもいいんです」

「ダメだ返さなきゃ」若い男は静かで強い口調でいった。「俺がいやなんだ」

「えっ？」飛行機ではずっと目をつぶってて、二人の話を全然聞いていなかったアカネは驚いた。「返さなくていいんだったらさ、何も無理して」

なおもいい募ろうとするアカネを、若い男はきつい一瞥《いちべつ》で黙らせた。

「そうですか」与太郎はお金をあっさり受け取った。

「いいか与太郎」若い男はいった。「じいさんがお前に、金は持ってるだけ人にやれっていったのは、ただくれてやれって意味じゃねえぞ。金を働かすためにやるんだ。投げ与えるってことじゃねえや。それにな、あのな」

「はい」

若い男は、ちょっといいにくそうにいった。

「友だちには、金をやったりするな。貰うのもダメだ。俺と友だちなんだったら、俺には一円だって渡しちゃいけねえ。俺もやらねえ。友だちってのはそういうもんだ。いいか？」

「はい」

「何いってんのあんた」アカネは呆れていた。「カッコつけちゃって。一文無しのクセに」

「うるせえ！」若い男は赤い顔して怒鳴った。「行くぞ！」

「行くってどこへ」

「あ、そうか」若い男は我に返ったように、情けない声を出した。「こっから先、どうすりゃいいんだっけ」

「知らないわよ」

若い男は徳丸社長に向かっていった。「あのー、あんたらはこれから、どこへ行くつもりなわけ？」

「私たちは港へ参ります」社長は答えた。「船はもう到着している頃でしょう。警察も動き始めているかもしれません。私たちは捜査に協力して、それから式根の先生宅に向かいます」

「そうだ式根島だ」若い男は思い出した。「俺らもそこへ行こうと思ってたんだよ。いいとこなんだってね。酒はうまいかな」

「私は飲みませんから、お酒のことは知りませんが」社長はいった。「静かないいところではありますよ。あそこへ行くと気分がのんびりします」

「そーかい」若い男は機嫌よくそういって、いきなりアカネと手をつないだ。「じゃ、一緒に式根島まで行くとしようか」

何手ぇつないでんだよ、とアカネは男を睨みつけたが、それ以上は何にもいえなかった。徳丸社長と与太郎の目をごまかして、式根島で「金のなる木」を見つけるためには、これくらいのことはしなきゃしょうがない。

「ちょっと歩きますよ」

という徳丸社長のいう通り、港までの道のりはけっこうあった。生気に溢《あふ》れた木々が道路一本隔《へだ》てた先に延々と生い茂っている空港を出て、道なりに右に折れると、海まで続くかと思われるような一直線の車道がのびていた。さっきまで同じ飛行機に乗っていた人たちには、それぞれ何らかの出迎えがあったようで、何台か自動車に先を越されたあとは、車道にも歩道にも彼ら四人のほかはだーれもいない。アカネは五分と経たないうちに歩く

のがいやんなっちゃって、

「ちょっとータクシー呼ぼうよー」

といってみたが、社長がぼそっと、

「タクシーが来るのを待つより、歩いたほうが早いですよ」

といったほかは、誰からも相手にされなかった。

アカネみたいな都会人は、島と聞くと海の上にタライのでかいのが浮かんでいるような、小さな小さな土地を想像しがちだ。実際には新島は渋谷区全体の1・5倍くらいある。空と密林を無理やり切り開いたような人間の住む集落とのあいだに、ビルとか巨大広告とかいった、都会にあるようなものは何ひとつなく、そのためにすべてが生のままむき出しになっているようで、アカネは心細く、落ち着かなかった。

十分ほど歩き続けると、ようやく商店街といえそうなところへ出た。アカネはどっかでお茶したくってたまらなかったが、誰も歩みを止める人がいないもんだから、仕方なく自動販売機でペットボトルの紅茶を買い、飲みながらへろへろ歩き続けた。

海に沿った道路に出た。

「あれが港ですよ」

と、徳丸社長が指差す遠い先を、よーく見ると船が停まっていた。

「あんな遠いのー？」

アカネはぶーたれた。残りの三人は、歩みを止めていた。

「どうしたの？」

みんなの見ているほうを改めて見ると、栈橋に停まっている船は、遠目からでもはっきり判るくらい、わっさ、わっさと揺れていた。

九、旅先ではお行儀よくしましょう

海岸に沿った道に出たアカネと若い男に、もしもその時、あたりの風景を眺める気持ちの余裕があったら、きっと道の脇に並んでいる、けっこうな数の素朴な石像に目をとめることができただろう。

それらの石像はみんな、大きさも、彫り方のスタイルも、表情も、どれもまちまちだ。ただ石の素材だけが、みな同じである。そこに並んでいるのは、すべて新島特産の石、コーガ石で作られた、有志のアーティストたちによる作品なのだ。

それらの作品は、どれも全部違う顔かたちをしているにもかかわらず、どことなくあの、渋谷のモヤイ像を思わせるたたずまいをしていた。モヤイ像……この、とち狂った一日の、すべてが始まった場所に、それはあった。アカネも若い男も、グレースとフィリップも剣菱も、全員があのでっかくて上を向いた、モヤイ像のいたところから、ここまでやって来たのだ。わけも判らず、ただ金の匂いがしてる、かもしれない、というだけの理由で。

けれどもアカネも若い男も、沿道に並んでいる石像には目もくれなかった。目を向ける余裕がなかった、といったほうが正しいだろう。栈橋に船が着いている。船にはグレースたち三人が乗っていることは明らかだった。そのまま何もなければ、船はあの欲張り三人組を乗せたまま、次の停泊地である式根島まで、すいーっと行ってしまうだろう。二人は海岸沿いの道を、最初は急ぎ足で、次に小走りで栈橋に向かっていった。そしてまた急ぎ足に減速した。なんでかっていうと、栈橋にはパトライトを点けたまま停車している数台のパトカーがあって、近づくにつれて、警察官が明らかに乗船客の乗り降りを制限し、チェックしているのが見えてきたからだ。

だけど、栈橋まであとせいぜい三百メートルくらいのところまで来たとき、二人の、そしてその後を追うようにして進んでいた徳丸社長と与太郎の足は、驚きで一瞬、完全に止まってしまった。

停泊している船が揺れとる。

距離があるし、なんせのどかで広々とした新島と海を背景にしているから小さく見えるけれど、あれ結構でかい船だよ。それがまるでお風呂に浮かべたおもちゃの船みたいに、周囲に小波が立つほど、わっさ、わっさと揺れている。

「なんだろう……」アカネの呟きに、

「さあ……」徳丸社長が呟きで答えた。

四人はお互いに顔を見合わせ、それから再び船に向かって急いだ。急がなきゃよかったのに、とっとと回れ右して反対方向へ逃げればよかったのに、っていうのは後になって思ったこと。その時はアカネも若い男も、まさか自分たちが、またあの牛にお目にかかるとは思ってもみなかったもんね。

それにどっちにしたって彼らは、桟橋に向かっていくほか、この新島には行き先なんかなかったのだった。高速ジェット船の泊まっている、泊まって揺れている桟橋はフェリーの岸壁で、式根島に行くにはそのフェリーに乗るか、さもなければ漁港から出航する小さな連絡船に乗るしかない。でその漁港っていうのは桟橋のちょい手前にある。ってことは結局、彼らはフェリーの高速ジェット船に向かって歩いていくほかになかったわけですよ。

そしてその方向には、どんどん人が集まってきていた。パトカーは島のありったけが集まってたみたいだし、消防車も救急車もアカネたちの脇をサイレンを鳴らしながら通り抜けていった。そして野次馬。もうこのノンキな日差しの新島の、どこにこんな人間がいたのってくらいの数の野次馬が、黒山の人だかりになって新島港に群がっていた。

そこへ鹿児島の猛牛が姿を現したのである。なんで高速ジェット船の貨物室から生きた牛が爆発的に飛び出してこなきゃならんのか、理解できた野次馬は殆んどいなかった。そして飛び出してきたからには、理解なんて超後回しだ。何百といた人間たちの頭の中がいっせいに真っ白になり、

「助けてくれいっ」

どいつもこいつもアワを食って逃げ出した。

鹿児島の闘牛のうちでも血の気の多いんで評判だったその牛「猛烈三号」は、竹芝通りを爆走して竹芝桟橋からフェリー乗り場へ突っこんで行き、そのまま勢いで船に乗り上げ、はずみで甲板から貨物室の中へ転げ落ちたと同時にハッチがしまっちゃったから出るに出られず、こんなところまで連れてこられて、爆走の疲れをたっぷり癒し、そろそろもうひと暴れしたろうかいと思っていたところへ船が泊まったもんだから、開きかけたハッチを鼻の先でこじあけ、ンモーォッ！　と宣戦布告の叫び声をあげると、甲板からいったん客室を通って、狂乱する人間どもを鼻息で追い散らし、客室の窓ガラスを叩き割って船首から桟橋へと上陸したのであった。

野次馬たちは桟橋にいたんだし、牛が出てくるまで若干の時間があったから、振り返って島へ駆け出すだけで難を逃れられた。中には牛なんかろくに見もしなかったくせに人が

騒ぎ始めたからとりあえず逃げといただけの奴もいた。だけど救急隊員や警察官はそうはいかない。驚かされたり内心びびってもその場を離れることはできなかった。

「署長！　どうしましょう！」

若い警察官が、へっぴり腰で牛から目を離さないまま、近くで震えている上司に向かっていった。

「何をいっとる！」署長は虚勢をはって答えた。「決まっとるじゃないか。早く捕獲しなさい！」

「ほほ捕獲？」若い警官はぎょっとした。「捕獲って、どうやって？」

「だから、網とか」この署長だって、何にも考えられない。びびっちゃって。「箱とか」

「署長！」別の若い警官がかっこよく叫んだ。「野生動物保護用の網は、この場に持ってきておりません」

「バカモノ！」署長は烈火のごとく怒鳴った。「なんで用意してないんだ！　船から牛が出てくると思わなかったのか！」

「思いません！」お前は思ったのか署長！　という言葉を、そいつはぐっと飲み込んだ。

「これは緊急事態であります！　牛の射殺を許可願います！」

あ、そうか。俺ら拳銃持ってんだっけ。「よし。やむをえん。射殺せよ！」

「はいっ」

この警官は最初からここで拳銃を撃ってみたいと思っていたから、そそくさと拳銃を構え、牛に狙いを定めた。

「撃つな！」誰か別の警官が叫んだ。「馬鹿！　やめろ！」

「しかしこのままでは市民の安全が」警官は用意してあった理屈を口にしようとしたが、別の警官は皆までいわせなかった。

「牛の上に、その市民がいるじゃないか！」

拳銃を構えていた警官はぎょっとして目をあげた。

全身ボロボロの服を着て、髪の毛を逆立てた男が、必死になって牛の背中にまたがり、角を握り締めていた。

「降りなさい！」警官の一人が叫んだ。「牛の背中から早く降りなさい！」

「うんぎー！」ボロボロの男は血走った目でその警官を睨みつけた。その目と意味不明のうめき声で警官たちは、あ、こいつにまともな話は通じないな、と、すぐに判断した。

そのまともな話の通じない男は、渋谷で剣菱たちにタクシーを奪われたボロボロサラリーマン、通称ボロサラだった。こいつは竹芝通りで牛の叛乱《はんらん》に巻きこまれ、「猛烈三号」に真正面から追いかけられて、あわや命もこれまでというところで、「猛烈三号」の鼻にぶつかり、もんどりを打って空中で一回転して、そのまま牛の背中にすとんと着地してしまったのだ。ボロサラは必死で角にしがみついたまま、牛が行く方へ素直に連れて行かれ、貨物室に牛が落ちたと同時に気を失って、今また目覚めたところだった。

気を失っているあいだにも悪い夢を見ながらボロサラは逆上していた。タクシーに乗り遅れ横取りされたそのタクシーに引きずられスーツはボロボロにされ牛に追いかけられどこだか判らぬ暗いところに押し込められ牛の臭気と恐怖におののきながら数時間も気を失って、しかもこの話の筋とはいつまでたっても何の関係もないばかりか名前も与えられずボロサラなんて呼ばれている。それもこれもすべてあの渋谷で俺のタクシーをかっさらっていったポマードてかてかの中年男のせいだ。あいつのせいで俺は本社に帰れば部長に殺される。これだけの目にあって最後は殺されると決まっている俺の人生ってなんなんだ。畜生、こうなったのも、全部お前のせいだ！

と、ボロサラが積み重なった恨みつらみのすべてを一点に集中させたのは、作者、ではなく、剣菱だった。暴れる牛の背中から目を上げたとき、たまたま目の前に剣菱がいたのだ。

あの頑丈極《がんじようきわ》まりない高速ジェット船の窓ガラスを叩き割って「猛烈三号」は船首から栈橋に飛び上がって、それで背中に乗っていたボロサラが目を上げたら剣菱がいたってことは、つまり剣菱はその時、桟橋まで出ていたってことだ。本当だったら警察はこの男からまだ事情を聞かなければならなかったんだが、なんせ牛が出てきたもんだからそんなのは一瞬どうでもよくなってしまい、そして剣菱はこの一瞬の隙をついてここからとっとと逃げ出そうと考えていた。その矢先にボロサラと目が合ってしまった。

「やばいッ」

剣菱はボロサラの殺気立った目を見て瞬時に命の危険を感じた。警察の追及を逃れるより、牛に襲いかかられるのより、そっちのほうが断然怖かった。

剣菱はまず警官を突き飛ばし、非常線のロープをまたぎ越すと、そのままジャンプして野次馬たちの上に飛び込んでいった。警官が慌てて制しようとしたところへボロサラが、

「それっ」

と牛のわき腹を革靴でどやしつける。遠慮もなければ空気も読まない「猛烈三号」はそのまま自分と剣菱を結ぶ直線上を野次馬たちの真ん中へ突っ込んでいく。警官たちも懸命に牛へすがりつこうとするがスピードも威力も相手にならない。絶叫して逃げ惑う野次馬たちの何人かは海の中へどぼんどぼんと落ちていく。たちまち牛と剣菱のあいだには誰もいなくなり、ボロサラは「猛烈三号」をけしかけて一直線に剣菱へ突進していった。

そして折悪くその牛と剣菱をつなぐ直線の延長線上、すなわち桟橋のはいり口のところ

に、アカネと若い男、それに徳丸社長と与太郎の四人が、そのときちょうどさしかかったところだった。何かあるとは思っていたけど牛がいるとは思いもしなかった四人は意表をつかれて一瞬硬直し、若い男はアカネを、与太郎は徳丸社長をとっさに来た道の方へと突き飛ばした。アカネと社長が引き返して走り始めたところへ剣菱が、

「助けてくれいっ」

とやって来たのを、若い男と与太郎はものもいわずに二人で抱きとめ、そのまま海の中へ放り込んだ。

「何をするー」

といいながら海へ落ちて必死に水をかいているところへ牛が走ってくる。標的が水に落ちたと見るや「猛烈三号」は全力疾走《しっそう》していたのがいきなりぴたりと足をとめた。背中に乗ってたボロサラは慣性の法則で放り出され、これまた海へ頭からドボン！　すべてに勝利した「猛烈三号」は与太郎と若い男の目の前で、

「ンモーォオォオォッ！」

と、勝どきをあげたのであった。

「与太郎君！」

離れたところから徳丸社長の声が聞こえた。

「二人とも、早くこっちへ！」

見ると社長とアカネは桟橋から離れた一段低いところにある小さな港で大きく手を振っている。剣菱たちにこれ以上構っちゃいられないし、牛の目前に立っているのも危ない、しかも船の方からは警察も救急隊員も何事かと向かってきた。若い男と与太郎はすぐに彼らのいるところへと、桟橋から海沿いの道を大急ぎで戻り、スロープを駆け下りた。

「一体何が起こったんです？」

走ってきた二人より、徳丸社長の方がよっぽど息が荒かった。

「これはどういうことでしょう？　私にはさっぱり訳が判りません！」

「僕にもです」

与太郎の口調には、社長の気をなだめようとする穏やかさがこめられていた。

「牛のことなら、だいたいこんなことじゃねえかと思うんだ」若い男はいった。「つまりよ……」

「牛ばかりではありません」徳丸社長は、まるで若い男がこの騒ぎの元凶ででもあるかのようにいった。「先生が倒れられてからこっち、まともなことはひとつもないじゃありませんか。誰も彼もが、なんでか知らんが、ひたすら馬鹿みたいに騒いでる。私たちはすっかり巻き込まれてしまいましたよ！」

けなのにさ！」

「俺だってさ！」若い男はとぼけて社長に賛同した。「行く先々でこれだもの。気の休まるヒマがねえとはこのことだよ。こっちゃあ、ただ彼女と式根島でのんびりしたいってだけなのにさ！」

「お知らせいたします」

漁港のスピーカーから、女の声が聞こえてきた。

「十六時三十分発、式根島行き連絡船、まもなく出航いたします」

「とにかく」少し冷静さを取り戻したらしい社長がいった。「こんなところから、与太郎君を一人で船に乗せるわけにはいかない。私だってこれ以上、騒ぎに巻き込まれるのはたくさんです。皆さんと一緒に、私も式根島へ行きます」

「そうかい」若い男はいった。「だけど、さっきの話だと、あんた警察に、例の誘拐未遂の犯人を突き出さなきゃいけないんじゃないのかい？」

「与太郎君が無事に家まで着くのを確認してから。協力はそれからです」

社長はもう、連絡船に向かって歩き始めていた。アカネも与太郎も、社長についていった。

「それにあの夫婦は、もう逮捕されておるでしょう。あれだけ警官がいるんだから」

「署長！」

「なんだ！」

「牛の捕獲は、無事完了いたしました！」

「よし！　被害者は！」

「海に落ちた被害者二名、無事保護いたしました！」

「よし！　じゃ、帰るぞ！」

「署長っ！」

「なんだ！」

「自分たちは、牛を捕獲するためにここへ集まったのでしょうか！」

「そうだ、決まってるじゃないか！」

「自分の受けた報告では、確か」

「あわッ！　馬鹿モノッ。本庁から要請された、複数の怪しい人物から任意同行を求めるというメインのアレは、一体どうなったんだ！」

「署長ッ」

「あの二人は誘拐未遂の最重要参考人だぞ！　牛なんかどうだっていいんだッ。あの二人はどこへ行った！　バッカモーン！」

「署長！　俺、警察やめます！」

今さらになって警官たちはあたふたと「男女二名」を探し始めた。だけどその頃にはもうとっくに、グレースとフィリップは野次馬の混乱に紛れてどこかへ消え失せていた。土地カンのある人間ではなさそうだったから、そう遠くへはいっていないはずだ。でも、どこへ？

「お知らせいたします」

漁港のスピーカーがアナウンスしたのはこの時だった。

「十六時三十分発、式根島行き連絡船、まもなく出航いたします」

「署長！」若い警官の一人がいった。「あの連絡船の出航を止めましょう。中にあの二人が乗っている可能性があります」

「よし！」といってから、署長は周囲の混乱を一瞥した。「いや、待て。出航させろ」

「なぜでありますか！」

「こんな状態の港で捜査をするのは、混乱を招く」署長はカッコつけていった。「船を出させて、その中に二人を閉じ込めた方がいい。お前」と、警官の一人を指して、「大至急あの連絡船に乗って、先ほどの男女二名を探し出せ！」

「はいっ」

事件といえば年寄りの交通事故か、おっさんの夜這《よば》いくらいしかない島の勤務に死ぬほど退屈していた若い警官は、口笛を吹きながら連絡船に向かって走り、すでに艫綱《ともづな》をはずして出航しかかっている連絡船に、といやー！　と叫びながら大股でジャンプした。

「よし」フィリップがささやいた。「行ったぞ」

「大丈夫なの？」グレースはまだ怯えていた。「これって、あなたの計画通りなんですの？」

「計画というより、とっさの思いつきだね」フィリップはそういいながらも、妙に自信ありげだった。「しかしこういう思いつきは、一般庶民にはなかなかできないだろうな」

「こういうって、どういう……？」

「おいで」

そういってフィリップはグレースの手を取り、隠れていた漁港のプレハブ小屋と自動販売機の隙間から、そっと抜け出した。

グレースは亭主が何をするつもりなのか、全然聞かされていなかった。あと一秒で警察に連行される、ことによると逮捕されるというところで、あの恐ろしい牛が再び現れ、気を失いそうになったところをフィリップに腕をつかまれ、ここまで走らされたのだ。とっさに隠れた自動販売機の裏からは、連絡船乗り場が見えた。出航を告げるアナウンスも聞こえた。ああ、あれに乗れば、私たちも式根島に行けるのに！　本当にもう目と鼻の先、あと十分かそこらで、私たちはお金持ちになれるのに！　しかも（ああ、何たることか！）、グレースとフィリップは、そのちっぽけな船にアカネと若い男が、与太郎と徳丸社長と共に乗り込んでいくのまで、目にしてしまったのである。グレースは思わず、今にも出航せんとするその小さな連絡船に向かって駆け出そうとした。するとフィリップがまたも腕をつかみ、「シィッ」と指を口にあてた。

「だって、だって、あなた……！」

そういってグレースが再び連絡船の方へ顔を向けると、なんたることか、一人の若い警察官が、まさにその船へ飛び乗ったところだった。危ない！　もうちょっとで自分が、飛んで火にいる夏の虫になったのかと思うと、グレースは我がフィリップの先見の明に、改めて惚れ直した。

「そっちじゃない」

今出て行ったばかりの連絡船発着所に向かって歩こうとしたグレースに、フィリップがいった。

「こっちだ」

フィリップはプレハブ小屋の向こう側、桟橋とは反対の方向へ、グレースを連れて行った。

「船がここへ入ってくる前に、これが見えたんだよ」フィリップはいった。「それをさっき、思い出してね」

それは漁港の手前にある、外来艇の船溜《ふなだま》りだった。個人所有のヨットやボートが泊まるための場所だ。さして広いスペースではないが、消波ブロックで仕切ってあって、中にはヨットが二艘と、モーターボートが一艘、横付けにしてあった。そしてそのモーターボートには、ランニング・シャツとバミューダ・ショーツとビーチ・サンダル、それに麦藁帽《むぎわらぼう》をかぶって甲板に横になり、ラジオでジャズを聴いている、顔じゅうヒゲだらけの太った男がいた。

「おい君！」

フィリップはあたりを気にしながらも、大きな声でその男に声をかけた。ヒゲ男は寝っ転がったまま、目だけフィリップたちに向けた。

「式根島まで、ちょっと乗せてくれないかね」フィリップはできるだけ愛想よくたずねた。「今の連絡船に乗り遅れちゃって」

「そうかい」ヒゲ男はそういいながら、フィリップたちがじれったくなるくらい、ゆっくりと上半身を起き上がらせた。「今のは四時半のだろ？　あれ逃したら、もう今日は連絡船、出ないんだよな」

「そうなんだよ」フィリップはへへへ、と愛想笑いまでした。「だから、どうだろう？　ちょっと式根島まで行ってくれないか」

「そーおだなーあ」

ヒゲ男はゆっくり立ち上がりながら、露骨《ろこつ》にグレースとフィリップの人相や服装を品定めした。二人の姿は、種々雑多なブランド品を身にまといつつ、その高価な服や靴がことごとく破れたり汚れていたりした。実に実にワケアリな外見を、二人はしていた。ヒゲ男にしてみれば、つけいるスキがずいぶんとありそうに見えたわけである。

「だけどなあー」ヒゲ男はわざとのんびりいった。「俺、ついさっき式根まで行って、帰ってきたばっかりなんだよなあー」

「いや、だけど」フィリップはおたおたした。「でも、あの、そんなこといわないでさ」

「なんか、緊急の用事でもあんのかい」

そういわれてフィリップは絶句した。そしてちらっと剣菱のことを考えた。あの見事な舌先三寸、世にもデタラメな話を口からでまかせにぽんぽん放り出すあの才能は、とうてい自分には真似できない！

目を海に向けると、連絡船はみるみる小さくなっていった。そしてその行く先には、亀の甲羅干しみたいな形に見える式根島が。連絡船にはあいつらが乗っている！　あいつら、あの若いだらしのなさそうな、品格なんかはカケラもない男と女が、いつのまにやらあの倒れた老人の孫と知り合いを抱きこんでいたみたいだ。あの孫たちは、当然「金のなる木」のありかも正確に知っているに違いない。こっちはこれまでさんざんな目にあって、こんな見たことも聞いたこともない土地にまでやって来て、みすみすあんな下品な連中に「金のなる木」を横取りされてしまうのか！　フィリップは心の中で地団太を踏んだ。

すると、それまで夫の様子を見ているだけだったグレースが、ついと身を乗り出してきた。

「実は私たち、あの島にリゾートホテルを建てようと思ってるんです」グレースは平然といった。「それで今すぐ行かないといけないんです」

「なんで」ヒゲ男は当然の疑問を口にする。

「だって、つまり今の船で、ライヴァルのリゾート開発業者が行ってしまったからですわ」グレースはいった。「私たちは島の自然を大事にして、島民の皆さんにも収入が行き渡るようにと考えているんですけど、彼らはこのあたりを全部コンクリートで埋め立てて、島ごとゴルフ場とゲームセンターとノーパンしゃぶしゃぶのお店にしようとしているんです。そんな計画はとうてい許せませんわ。もちろん私たちは大してお金もありません。ホテルのために出せるのだってせいぜい二十億くらいなものですけれど、お金より皆さんの生活や環境保護のほうが大事ですわ。ねえあなた」

「あ、ああ」いきなり話を向けられてフィリップはのけぞった。「そうだよね。その通りだ」

「ふうん」ヒゲ男はごしごしとヒゲをこすりながら、いっそう露骨に二人の様子をながめた。「しかしそんなでかい話をするにしちゃ、ずいぶんとくたびれた格好だなあ」

「あの船は問題ありますわね」そういってグレースは、ほほほ、と笑った。「速いのはいいんですけど、揺れてしまって、おかげでこんなありさまだわ。コシノさんにいって、また新しい服を作ってもらわないと。ねえあなた」

「そうだそうだ」フィリップはどぎまぎしながら、しきりに頷いた。

「とにかく」グレースはヒゲ男に向かっていった。「ことは一刻を争います。早くしないと式根島が新橋や歌舞伎《かぶき》町みたいな、やくざのたまり場になってしまいますよ。すべてはあなたの手にかかっているのですわ」

「そういうわけなら、行かないでもないけどねえ」コシノさんていわれても、誰のことだか知りゃしないヒゲ男はいった。「だけど、このボートだって、タダで動いてるわけじゃないからね。燃料費ひとつとったって」

「金ならいくらでも出す！」フィリップはそういうと、もうボートに乗り込んでしまった。そしてヒゲ男の腕を握《にぎ》り締めて、「頼む！　島の小鳥たちを、魚たちを、君たち自身をまもるために、どうしても君の力が必要なんだ。金なんか問題じゃない！」

「まあ、そういうことなら……」

そういいながらヒゲ男は、幾《いく》らくらい吹っかけられるだろう、一万なんかじゃ足りないな、五万ていったら怒られるかな、などと値踏みをしながら、もっさりと動き出した。フィリップはグレースの手を取って、ボートに乗せた。

船溜りから消波ブロックの外洋へ出ると、ボートはいきなり加速し始めた。フィリップはよろけ、グレースは後ろへひっくり返った。波しぶきは身体中にかかってくるし、ヒゲ男は無表情でエンジンの前にでっかい尻を落ち着かせているし、乗り心地の悪いことはなはだしい。だけどグレースもフィリップも、そんなことはいっていられなかった。このがさつそうなヒゲ男に、金ならいくらでも出すと大見得をきったのも、後悔していなかった。あの島で「金のなる木」さえ手に入れれば、あとはどうとでもなる。二人はもはやそのことを信じて疑わなかった。そしてその信じる根拠は、どこを探しても、どこにもなかった。


「署長！」

「なんだ今度は！」

「たった今モーターボートが、そこの停泊所から式根島へ向けて出航いたしました！」

「それがどうした！」

「どうやら三名が乗船している模様であります。男性二名女性一名、うち一名はボートの所有者と思われます！」

「それがどうした！」

これだけいっても判らないのかこの署長は。「残りの男女は、先ほど逃走した夫婦ではないかと」

「馬鹿！　何をぐずぐず。すぐに式根島の駐在所に連絡しろ！」

「式根島駐在所の巡査は、現在こちらにおります」

「なんでだ、この大事なときに！」

だからさ。「高速ジェット船の捜査のために、新島港に警察力を総動員せよとの、署長の命令に従いました！」

「そんな命令はもう古いんだッ」署長は真っ赤になって怒鳴った。「大至急式根島に急行せよ！」

「はい！」

そういって警察のボートに走りながらその警官は、この事件終わったら、俺も警察辞めよ、と思った。


「いったい、何事なんですかこれは」

連絡船の上で、徳丸社長はまだいっていた。

「どう考えても変です。渋谷でお会いした五人の方が五人とも、こんなところに集まるなんて、偶然ではありえませんよ。どうなってるんですかこれは」

「ほんと、どうなってるんだろうねえー」

若い男はおおぎょうに腕組みなんかして、首をかしげた。でも徳丸社長はそんな小芝居にごまかされたりはしなかった。

「私はあなたがたにいってるんです」社長はアカネと若い男を、交互に見据えながらいった。「飛行場でお二人に会ったとき、あなたはただの旅行のようなことをおっしゃってた。

その時には、あるいはそんなこともあろうかと思っておりましたよ。しかしこうなってみると、どうもお二人も怪しいといわざるをえません。何かあります」

「何かって、何が？」アカネは精一杯とぼけてみせた。

「先生が倒れられたことに関わる何かです」社長はアカネをじっと見つめていった。それから若い男を見て、「とりわけあなたは、先生から与太郎君と間違えられて、ずいぶんと話しこまれたそうじゃありませんか。そのとき何をどの程度お話しになったか、先生は憶えておられないそうです。しかしひどく重要なことを漏らしてしまったかもしれないとも、病床で先生はおっしゃっていました」

徳丸社長は、ぐいっと二人が座っているほうへ身を乗り出した。

「私はね、こうなってみると、先生の心配なさっていたことが、本当にあったように思えます。つまり、何かひどく重要なことを、皆さんがご存知なんじゃないか、ってね！」

徳丸社長の口調には、これまでにない気迫があった。与太郎がちょっと怯えたように、社長の背中を見つめたくらいだ。若い男とアカネは、気圧されて一瞬黙りこくった。

「よし」若い男がいった。「あのな……」

「待って」

アカネはただそれだけいって、思わず若い男の口を手でふさいだ。

何も考えていなかった。ただ必死だった。それは与太郎にも徳丸社長にも伝わった。若い男には、いちばん伝わってきた。男はアカネの手をとって、自分の口元から、優しく離した。

「ここまでだよ」若い男はいった。

「でも、でも」アカネの口ぶりはおろおろして、涙声のようになった。「もうあとちょっとで着くのに、あとちょっとなのに！」

「なんだい？」若い男は、おだやかな笑顔で尋ねた。「あとちょっとで、どうなる？」

アカネの顔がゆがんだ。それをいってほしくないから、口をふさいだっていうのに。あんた判ってるじゃんか。アカネの目がそういってるのが、若い男にはよーく聞こえた。

「あとちょっとでどうなるか、お前、いえねえんだろ」

アカネを見つめる若い男のまなざしは、アカネみたいな女の子にも疑いようのないくらい、情愛にあふれていた。

「いいこと教えてやろう」男はいった。「金がねえより、仕事がねえより、ずーっとキツいことがあるんだ。それはな、いえないことがあるってことさ」

何をいい出すんだこいつは、とアカネは思った。

「俺たちがここで今、この人たちに何もいわないでいたら、そりゃどういうことだ？」男は続けた。「これから先、一生、誰にも黙ってなきゃいけねえってことさ。お前がどんなに偉くなって、立派なことをしたってな。どうしてそんなに偉くなったのか、お前は死ぬまで黙ってるか、嘘ついてごまかさなきゃならねえ。こんなキツいことはねえぞ。それにそれは、汚ねえことだ。そうだろ？」

アカネは、ほとんど本能的に、ここで何かいい返さなきゃいけない、何か考えなきゃ、と思った。だけどそんな時間は全然なかった。船は減速していて、窓の外には岸壁が見える。切り立った山みたいに見える島の手前に、無理矢理作ったみたいな小さな港があった。連絡船はもうあと数分であの岸壁に横付けされるだろう。

いい返さないと。何か考えないと。でもアカネは、とうとう若い男が徳丸社長たちに向き直って口を開くまで、何も考えることができなかった。

「与太郎さん」若い男はいった。「それから、社長さん。あのじいさんはね、俺のことを与太郎だと思って、こういったんだ。観音様の下に、金のなる木を隠した、ってな」

徳丸社長の目が丸くなった。

「それをみんな聞いてたのさ。あの脂ぎった男も、チャラい格好の夫婦も、あと、俺もこいつもな」

そういって若い男が、ぽん、とアカネの肩に手を置いたので、アカネはびくっとした。

「それを……」徳丸社長はあきれたようにいった。「それをあなたがたは、勝手にネコババしようとしたんですか。そのために、わざわざこんなところまで……！」

「人聞きの悪いことというなよ」若い男はにっこり笑っていった。「俺たちはこうして、ちゃんとあんたらに報告したじゃないか。あのゴウツクバリの夫婦なんかと一緒にすんなよな」

そういって若い男は、窓の外を指差した。

連絡船はその時、ちょうど向きを変えたところだった。船は島に背を向ける形で、岸壁に横付けされようとしていた。乗客の座っているところの窓には、小さくなった新島をのぞむ、海原が開けた。

その海原に一艘のモーターボートが、こっちへ向けて進んでいた。もうずいぶんと近くまで来ている。乗っている人間の顔までは判らなかったが、人数やだいたいの様子くらいは、目を凝《こ》らせば見えた。

「ああッ」アカネは思わずそのモーターボートに向かって指をさした。「あいつらッ」

「あの二人だ」徳丸社長はそういって、若い男を見た。「あなたがた、まさか彼らと結託《けったく》して」

「んなわけ、ねーだろ？」若い男は明るくかぶりをふった。「さっきっから、あんたが喋ってるあいだ、外にちらちら見えてたよ」

「警察の手を逃れてきた、ということでしょうか」と社長は、まだ若い男に敬語を使っている。

「ああいうの、なんていうのかね」若い男はいった。「逃れてきたんだろうけど、後ろから追っかけられてるからね」

いわれて見ると確かに、モーターボートの背後から、追いかけてくるもう一艘のボートがある。今は遠いが凄いスピードだ。

「あいつら！」アカネが叫んだ。「こんなになっても、まだ金が欲しくてやって来たんじゃねーの？　ちょっとマジ引くんだけど！」

「そういうお前はどうなんだ」

と、若い男が声をあげて笑うと、まるで二人の声が聞こえたみたいにモーターボートは、すっと港を背にして右側に向きを変えた。連絡船が泊まる式根島の野伏《のぶし》港は、大きな岩山に囲まれている。どこへ向かうか目で追うこともできず、グレースたちを乗せたボートはあっという間に視界から消えてしまった。

「逃げた！」アカネがいった。

「個人所有の船ですからね」社長がいった。「きっとこの野伏港には泊められないんでしよう。式根島港に向かうつもりなんじゃないかな」

「そんなにいくつも港があるのかい」若い男がいった。「こんな小さな島に」

「式根島港は、とっても綺麗な港ですよ」

与太郎が、みんなの緊張をほぐそうと思ってか、にこやかに教えてくれた。

「眺めもいいし、きっとみんな気に入りますよ。僕のうちも近いんです」

「待ってくれ」若い男の目が据わった。「お前んちに近いのかい？　それって、どこらへんなの」

「この港の反対側です」与太郎は答えた。「早島《はんしま》っていう島も見えるんですよ。釜《かま》の下《した》海岸の隣です」

「釜の下!!」

若い男とアカネが同時に叫び、同時に立ち上がった。

おじいさんがそう呟いた、今朝の渋谷の光景が、二人の脳裏にぱーっと広がった。

「お前、憶えているか……？」

「おじいちゃんが、釜の下に……観音様を……」

十、一日の終わりは穏やかにすごしましょう

ヒゲ男が港の目の前でモーターボートを左へ急旋回《せんかい》させたので、グレースとフィリップはもうちょっとで海へ投げ出されるところだった。

「ナニするんですかッ」グレースは叫んだ。「早く港に行かないと！　あの人たちはあの船に乗ってるんですよ！」

「あそこには泊まれないんだよ」ヒゲ男は風と波しぶきが身体中にぶつかってきているのに、何でもないような顔でいった。「あそこには連絡船しか泊めちゃいけないことになってるんだ。俺らは別の港に泊めるんだよ」

「それは。でも」

とフィリップはヒゲ男につっかかっていこうとして、絶句した。

フィリップは、でも、その港は「金のなる木」からどれくらい離れているんだ？　と訊きそうになってしまったのだ。今見た連絡船の泊まる港が、「金のなる木」のすぐそばだ

ったらどうしよう、と思ってあせったせいなんだけれど、考えてみれば「金のなる木」がこの島のどこにあるのか、フィリップは全然知らない。

いやいや。そもそもこの島に来たのだって、与太郎の話をタクシーの中で聞いたっていう、それだけの理由だ。それ以上のことは何も知らないし、すべてを知っているかもしれない与太郎たちは、あのちゃらちゃらした若い男とギャルの側についているらしく（どうしてそんなことになったんだ？）、今まさに彼らとともに連絡船を降り、島に上陸しようとしている。

なんとしてでも彼らより早く「金のなる木」を見つけ出さなきゃいけない。それなのに、こっちは徒手空拳《としゅくうけん》、手がかりになるようなものは何ひとつ持ち合わせていないのだ！

それじゃいかんじゃないか！　なんとかならんのか、なんとか！

「……ん？」

フィリップは突然思い出した。そしてその思い出したことを、ヒゲ男にぶつけてみた。

「おい。あなた、この島のことは詳しいんだろうね」

「しょっちゅう来てるからねえ」

「じゃ、この島に観音様があるかどうか、知ってるかい」

フィリップの質問を聞いて、グレースはハッとした。彼女も観音様のことは、すっかり忘れていたのだ。「金のなる木」は観音様の下に埋められていると、あの年寄りはいっていたのだ。

「ああ」ヒゲ男は答えた。「あるよ。観音様」

「あるのか！」フィリップは思わず大声をあげたが、波の音がでかいから不自然に思われることはなかった。

「なんだったっけかなー」ヒゲ男はヒゲをこすりながらいった。「ジイさんだかバアさんだか、年寄りが一人で作った観音様でねえ」

「それ！」フィリップはもうちょっとでヒゲ男に摑みかかるところだった。「どこにあるんだ、それは！」

おじいちゃんが、作って建てた観音様。渋谷で倒れた年寄りがそんなことをいっていたと、グレースも思い出した。

「あそこだよ」

ヒゲ男はそういって振り返り、今しがた通りすぎたばかりの、樹木に覆われた島の絶壁を高く指差した。

「あそこにちらっと、灯台が見えるだろ？」

グレースとフィリップは目を凝らして指差す方を見たけど、灯台は見えなかった。

「あの高森《たかもり》灯台のちょい手前に、観音様があるよ。なんだったっけかなー。とにかく年寄りが一人で作ったんだ」

「ちょっと！」グレースが灯台のすぐ下あたりを指して叫んだ。「あそこに港があるじゃないの、あそこに泊めて！」

「あそこは駄目だよ」ヒゲ男はあきれたようにいった。「小浜《こはま》港だ。あれ漁港だよ。俺みたいなよそ者が入ったら、思いっきり叱《しか》られちゃうよ」

「我々を降ろしてくれたら、もう行っていい」フィリップもいった。「金ならいくらでも出す！」

「あんたさっきから、それいってるけどね」ヒゲ男はいった。「あそこであんたら降ろしちゃったら、どこで金くれるの。今くれるの？」

それを聞いたグレースは、トッズの白いバッグ――今はすっかり泥だらけの傷だらけの塩水だらけになっちゃったけど――から、アクセソワ・ドゥ・マドモワゼル・ジャップのゴールド・レザー、シャイニー素材の財布３万６７５０円を取り出し、中からよれよれになった一万円札を一枚抜いて、ヒゲ男に突き出した。

「こんだけかい？」とへの字口になったヒゲ男にグレースは、

「私たち現金は持ち歩きませんの」と答えた。「ご不満でしたら、社のほうへご連絡くださいな。——あなた、お名刺さしあげて」

「ん? うん」

フィリップはグレースの策略に気付いて、自分の財布から名刺を出した。……去年まで二人が働いていた、そして今はもう倒産した、証券会社の名刺を。

「証券会社?」ヒゲ男は名刺を見ていった。「あんたら、リゾートホテルがどうとかいってたじゃないか」

「不動産投資は、証券会社の重大な仕事だよ」フィリップはいった。「そんなことも知らないのか君は」

ヒゲ男は名刺を見つめて少し考えていたがやがて顔をあげた。

「いいんだね、ホントに連絡するよ?」

「どうぞ、どうぞ」グレースとフィリップは同時に何回も頷いた。

モーターボートはまたしても急旋回した。グレースとフィリップは、しかし今度はひっくり返らなかった。根性が据わってきたのだ。ボートは小さな漁船が十数艘も泊まっている、小浜港の一番端で減速した。

「今のあんたら、ちょっとアレに似てたよなあ」

ボートを横付けしながら、ヒゲ男はいった。

「ほらアレ、リチャード三世。『馬をくれ、馬をくれ！　馬のためなら王国をやるぞ！』って台詞があるじゃないか」

「そうですね」

フィリップはリチャード三世なんか知らなかった。そんなのセレブには無関係だ。港に上がると、グレースの手を取って引き上げた。

「とんでもない悪者なんだよな、リチャード三世は」ヒゲ男はいった。

グレースとフィリップはそんなヒゲ男に礼ひとついわず、灯台のある絶壁を見上げると、そっちのほうへ走っていった。

「今の台詞いって、すぐ殺されちゃうんだけどね」

ヒゲ男はその背中を見ながら、呟いた。


「釜の下海岸て海岸があるのか！」

若い男は連絡船を降り、小さな港をきょろきょろ見回しながらいった。

「とてもいいところです」与太郎は答えた。「浜百合《はまゆり》が咲いています。今頃なら、多分アジサイも咲いています」

「じゃ、そこにさ」若い男は与太郎を見もせず、ひたすらきょろきょろしていた。「あのじいさんが作った、観音様があるかい？」

「あります」与太郎は嬉しそうにいった。「よくご存知ですね。ずっと前、おじいちゃんが作ってくれたんです。僕のお母さんが死んだときに」

「お前、母さんいねえのか」

「ええ」与太郎は特に悲しそうでもなかった。「僕が四つのときに、癌《がん》で死にました」

「そうなのか」と、一秒の半分ほど考えてから若い男は、「よし。そこへ連れてってくれないか」といった。「けっこう大至急」

「すぐですよ」与太郎はそういって、港から延びる一本道を指差した。「この道をずっといけば、突き当たりが釜の下海岸です」

若い男はその道を見上げた。それは港の目の前に聳《そび》え立つ断崖絶壁を、くの字カーブを繰り返しながら登っていく道だった。舗装《ほそう》もされているし自動車も行き来しているんだけど、若い男とアカネには、山道にしか見えなかった。

「タクシーないの？」アカネもあせっていた。「タクシー乗り場とかそういうの、どこにあんの？」

「式根島にタクシーなんかありませんよ」徳丸社長はさとすようにいった。

「じゃバスでいいや」

「バスもありません」

「嘘でしょ」アカネはぎょっとしていった。「だってここ、日本でしょ」

「人口約六百人、面積ほぼ四平方キロの離島です」社長は眉間《みけん》に皺《しわ》を寄せた。「あなたのようなワガママ娘が欲にかられて来るようなところじゃない」

「走ろうぜ」若い男はアカネにいった。「しょうがねえや」

「マジありえない」アカネは動こうとしなかった。「あんな道歩くなんて、考えらんない」

「じゃそこでタクシーでも待ってろ」

若い男が走り出そうとすると、与太郎がいった。

「僕、お父さんに電話します」

「お父さんがいるのか」

「今ごろはおじいちゃんの病院に着いているはずです」与太郎は朗らかに答えた。「明日になれば帰ってきて、クルマを出してくれると思います」

「そんなノンキなこといってるうちに、じいさんのお宝はあいつらのものになっちまうぞ」若い男はそういって、与太郎を真剣な顔つきで睨んだ。「いいのかそれで」

そして若い男は誰の返事も聞かず、傾斜《けいしゃ》のけわしい道を一人で走っていった。

軽トラックやライトバンが行き来する。たいしたクルマの量じゃないが、港に船が来たので、島にしては賑やかなほうらしかった。歩行者なんか一人もいない。坂道の傾斜は見た目よりもなおキツく、道の先がどうなっているかも判らない。ものの五分で若い男は、ナニ馬鹿なことやってんだ俺、と思うようになった。

これはそろそろ登りきったのか？　と思ったところへ四つ辻が現れた。上にあるのは式根島でただ一つの信号機なんだが若い男はそんなことは知らない。判っているのはその信号の向こうもまだ上り坂だということだけだ。左右にも道はあったけれど、与太郎のいっていた、この道をずっと行った突き当たり、という言葉だけが、今の彼には頼みの地図だった。これ以上ないくらいアバウトな地図だけど他にはなんにもない。男はひーひーいいながら上り坂を直進した。

するとようやく勾配《こうばい》はなだらかになり、道路の左右に人家や商店なんかが見えてきた。学校を終えて遊びに行くらしい、三、四人の小学生が並んで歩いていたり、おばあさんが犬を連れて散歩したりしていた。その誰もが、見知らぬ男が顎《あご》を出して走っているのを、怪しそうに見ていた。

だけど若い男は、そんな目で見られながらも、俺って何やってんだろ、とは思わなかった。その疑問はさっきなくなっていた。「金のなる木」を手に入れてやるぞとも思っていなかった。それは最初から思っていなかったのかもしれなかった。モヤイ像の前にしゃがんでいたとき、男は単に、仕事はクビになるし金はないし、やることなくて朝から渋谷でぼーっと座ってるのも退屈だなあ、と思っていたに過ぎなかった。じいさんが倒れてからは、こんな面白《おもし》れーこと、一生の間にそうあるもんじゃねえぞ、とばかり思っていた。それも今や、過去のことだった。若い男が走っているのには、れっきとした理由があった。

男がこうして走っているのは、渋谷でじいさんから面白い話を聞いたからだった。渋谷にいたのは、会社をクビになったからだった。会社をクビになったのは、人間関係がうまくいかなかったからだった。人間関係がうまくいかなかったのは、彼が人とうまくやっていけないタチだったからだった。そして彼が人とうまくやっていけなくなったのは、中学二年生のときに母親が乳癌で死に、高校二年生のときに父親が再婚して以来だった。彼は母親が死んだとき、うなだれていた親父に腹を立て、そのくせ数年後気を取り直して再婚した父親にも苛立ち、再婚相手を義理の母だとさえ思いたくなかった。世界中から裏切られた気分だった。

あのときグレたりしなけりゃ、俺はこんなことにはならなかったんだ。

大金が手に入ったとたん、コロリと人間性が変わってしまうということは、よくある。若い男もそういう醜悪なドラマを見たことがあった。この与太郎という素朴な、頭の若干ユルそうな青年だって、「金のなる木」を手に入れたら、どうなることか判らない。けれど若い男はもう走り始めていた。「金のなる木」が与太郎の手におさまるまで、止まるつもりはなかった。母親と死に別れたというだけで、彼と与太郎は環境もシチュエーションもかなり違うけれど、若い男はもう与太郎に、不正直な真似はしたくなかったのだ。少なくともあのチンピラみたいな欲ったかりの夫婦に盗られるよりはマシだ。

小学校から役場へ向かうあたりから、道は下り坂になってきた。なってきたけど、道がどれくらい続くか判らずシャニムニ走るというのはなかなかつらい。自分が実に馬鹿なこと、無駄なことをしているという気がしてくる。だけど一方でさっき徳丸社長がいっていたことが本当なら、これはたかだか四平方キロメートルの小島だ。大陸横断してるわけじゃない。下り坂の途中で道はT字路になった。目の前に分かれているのは上がっていく道と下がっていく道。海岸へ向かっている若い男は、躊躇せず左へ下がっていく道を選んだ。道は曲がっていて、その先に浜があるようにもないようにも見えた。若い男はとにかく走った。体力的には、とっくに限界だったけれど。

もう走れないかなあ、と思ったところへ、背後からクラクションの音が聞こえた。

「何やってんの！」振り返ると、白いライトバンの助手席から、アカネが顔を出していた。「早く乗って、馬鹿！」

若い男が乗り込むと、後ろの席はもう与太郎と徳丸社長が乗っていた。運転しているのは見たこともないお姉さんだ。

「『南部《なんぶ》旅館』の、南部さんです」与太郎が紹介してくれた。「僕の小学校の同級生です。たまたま港にいらしたので、無理をいって乗せてもらいました」

お姉さんはハンドルを握ったまま振り向き、にこやかに一礼した。若い男もぎこちなく、あ、ども、とかいって頭を下げた。

「挨拶なんてどうだっていい！」アカネが野蛮《やばん》な声を出した。「出発！」

「偉そうにいうなボケ」若い男は後ろからアカネの頭をはたいた。「人の世話になってるんじゃねえか」

「いってらんないでしょ、今は！」アカネは叫んだ。「あいつらが先に見つけたらどうすんの！　あんただってそう思ってるくせに！」

「しかし」

すでに走り始めたライトバンに揺られながら、徳丸社長が深い声で呟いた。

「目的地が釜の下海岸で、彼らが式根島港で船を降りたとしたら、歩いても十分程しかかかりません。間に合わんでしょう。とっくに彼らは、目当てのものを手に入れてるでしょうな」

ほひー。ほひー。ほひー。

フィリップにも、後から追いつこうとしているグレースにも、自分の荒い呼吸の音のほか、何も聞こえなかった。

すでにグレースの華奢《きゃしゃ》なローヒールも、フィリップのローファーも、そこらの小学生が履いている運動靴と変わらない汚れようである。そんなこと、彼らはもはや気にもとめていなかった。それどころか二人は、今や足だけでなく、手まで使って前進していた。石段を登っているのだ。

小浜港から二人は、急な上り坂を全速力で駆け上がった。すると五分もいかないうちに、小さな広場に出た。広場からさっき見えた灯台の方向に石段が延びている。そしてその手前に、大きな石碑《せきひ》がある。その石碑に紛《まぎ》れもなく、

「高森観音」

と横書きされているのを見つけたグレースとフィリップは、それを指差してお互いに、

「あ、あ、あ」

とだけいって（言葉を交わすというような文明的余裕は残ってない）、目の色を変えて石段をまっしぐらに登り始めた。

その石段がこれまた、古くて狭くてしかも曲がりくねって果てしがない。最初の何十段

かは勇んで駆け上がった二人だが、すぐに体力の限界がやってきて、足だけで進むことはもはや不可能、前のめりになった目の前にある石段を手で掴み、四つんばいになってほひー、ほひーと世にも情けない声を出しながら、ひたすらに上を目指していたのであった。

もはやセレブもへったくれもありゃしない、文字通り欲のカタマリとなって石段を這い上がっていたのは、しかしものの五分ほどだったろう。グレースの意識が遠くなりかけたとき、上のほうから夫の声が、

「あ……あ……」

と聞こえてきた。

「あ……、あったァ……！」

そのひと言で体力ゼロだったはずのグレースはしゃきっと立ち上がり、つんのめりそうになりながらも残りの石段を元気よく突っ走った。

まだ上がある石段の途中で、フィリップは右を向いて地べたに尻をつき、目の前を黙って指差していた。

数メートル四方の小さな空間の向こうに、小さな祠《ほこら》があった。左には二体の石の仏像があり、花が供えられている。祠の手前には太い松の木が一本、さらにその手前に水道の蛇口とバケツと柄杓《ひしゃく》がひとつずつ。ほかには何もなかった。苔《こけ》むした石の祠は閉まってい

た。

「こ……」グレースは声を出そうとしたが、喉がかわきすぎてうまく喋れなかった。「これかしら……?」

「だろ……?」といいつつ、フィリップもおぼつかない口調だった。

「だって……」息を切らしながら、グレースは石段をちらっと振り返った。「まだ、上にも……階段がありますけど……大丈夫かしら……?」

フィリップは妻の言葉の意味を一秒考えた。そして苦労して立ち上がると、ほとんど妻を突き飛ばすようにして、石段をさらに登っていった。

一人残されたグレースは、その祠をぼんやりと眺めた。海風が絶え間なく周囲の木々を鳴らしていた。

(この下に、何かが)

だがその祠は石造りで、小さいながらもどっしりとしており、おまけにひどく古そうだった。土も固そうだった。何かを埋めたような痕跡は、祠にもその周辺の地面にも、全然見当たらなかった。

「おい。やっぱりこれだ」フィリップは、さっきより少しだけ生気を取り戻したような声でいった。「上には古ぼけた灯台がひとつあるだけだよ」

「そう」とグレースは、ちょっとだけぼんやりしていたが、やがて眉をつり上げ、きりっとした顔になった。「じゃ、さっそく」

「うん」フィリップも男らしい顔になって、正確には彼のできる精一杯男らしい顔を作って、頷いた。

二人はまず祠の前に立ったが、かちかちの地面を見てすぐに、これは手で掘るわけにはいかないと判断した。といってシャベルがあるじゃなし、何か道具になるものはないかときょろきょろ見ると、蛇口の下に転がっているバケツと柄杓を見つけた。地面を掘る道具じゃないのは明らかだがこの際しょうがない。フィリップがバケツを、グレースが柄杓を握り締め、祠の両脇にふた手に分かれて地面をがりがり掻き始めた。

「ずいぶん固いのね」グレースが右側から呼びかけると、

「無理しなくていいぞ」左側からフィリップが答えた。「疲れたら休みなさい。僕がそっちも掘ってみるから」

なんてことない言葉だった。それなのにそれを聞いたグレースは、自分でも予期せぬことに、涙がぽろっとこぼれたのに気がついた。

「あなた、優しいのね」グレースは手を休めずにいった。「ありがとう」

「なあに」反対側にいるフィリップは答えた。

「これでお金持ちになったら、マヨルカ島に別荘を買いましょうね」

汗と涙で泥だらけの顔をマダラにしたグレースがいった。

「二人で世界一周でもして、それから僕らにふさわしい場所を決めればいいさ」

上から下までブランドの服をかぎ裂きだらけ泥だらけにしたフィリップがいった。

「楽しみだわ」グレースがいった。「どこにあるのかしら、私たちにふさわしい別荘」

「府中《ふちゅう》あたりにあるんじゃないか」男の声がした。「あんたらにふさわしい別荘は」

グレースとフィリップは、はっとして目を上げた。

八人の警察官が、二人を取り囲んでいた。

「おかしいな」

釜の下海岸のすぐ隣だという、石白川《いしじろがわ》海岸なる海岸の手前でライトバンを降りた若い男は、浜を見下ろして呟いた。

アカネも、与太郎も、徳丸社長も、何もいわず、同じように浜を見渡していた。

「誰もいねえじゃねえか」

「違うんだ、聞いてくれ!」

警察官に両脇を抱えられ、石段を下ろされながら、フィリップは叫んだ。

「僕たちはただの観光客だ。無実だ、冤罪《えんざい》だ！」

「そうですとも！」

警官が身体に触れるのを、不快な虫にたかられたような顔をしながら、グレースも絶叫した。

「私たちが何か悪いことをしたっていう、証拠でもあるんですか証拠でも！」

「今あんたら、そこ掘ってたじゃないか」警官の一人があきれたようにいった。「れっきとした器物破損の現行犯だよ。それ以外のことは、これからゆっくり訊くから」

「そんなのは不当逮捕だ！」フィリップは精一杯頭を使って抵抗した。「あれくらいのことは、ちょっと注意すれば済む話で……」

「あんた」中年の警察官が、怒った顔でフィリップを睨んだ。「あんたたちのことは本庁から連絡を貰っているんだよ。誘拐未遂事件の重要参考人だ。それにね、この観音様を馬鹿にしないでくれないか。あんたらには『あれくらいのこと』かもしれないが、この島にとっては重要な歴史的文化財なんだ。俺のお袋が生まれる前から、島民みんなで大事にしてる観音様なんだ」

「知ったことか！」

フィリップは、興奮して汚らしく口答えしてから、はっと我に返ってその警察官をまじまじと見た。
「あんたの母親が生まれる前だって……？」フィリップの目がくるくると動いた。頭の中で計算をしていたのだ。「だってあんた、もう五十がらみだろう。ってことは、あれは……」
「ほら」
一行はちょうど石段を降りきったところだった。中年の警察官はフィリップに直接答えず、広場の石碑、さっき二人が「高森観音」という大きな文字だけ見て通り過ぎた石碑を指差した。
そこには、今でもこう書いてある。
「この山頂の高森（地名）観音は昭和五年（一九三〇年）当時七十五才の宮川タン（安政三年（一八五六年生）が建立《こんりゅう》したものである
この附近《ふきん》の海域は昔から好漁場でありために船の遭難も多く長く漁民は難渋《なんじゅう》した
特に地元漁民は小浜港や野伏港への夜間の出入りに多くの危険を重ね続けた
老女タンはこの時点で一念発起し山頂に堂宇《どうう》を建て灯台を造り大漁祈願と航海安全を成

就する事業に着手したのである
先づ《ま》山頂へ登る急坂を切り開き材料を背負上げ完成までの五年間は寝食を忘れ毎日を高森山上で生活した
完成後は灯台守を続けながら九十才（一九四五年）でその生涯を終ったのである
当年五十週年を迎へ老女タンの業績を顕彰《けんしょう》し後代に誌《しる》すものである」

「昭和、五年……」フィリップの目はそれ以上を読まなかった。

「老女……」グレースはその文字だけを見た。

二人が真っ黒になって掘り返そうとしていた観音様は、あの渋谷で見た若造が小さい頃に、彼の祖父が作ったものなんかじゃなかった。そしてその老女は何十年も前に亡くなっていて、しかも男じゃなかった。それを知って二人はボンヤリしてしまったのだった。

そんなことより何十倍も大事なことが、ここには書いてあったわけだけれど、二人はとうとうそれを最後まで読まないまま、広場で待っていたパトカーに乗せられた。

パトカーは式根島港へ向かった。警察のボートはそこに泊められてあったのだ。

「ああーっ」

フィリップは途中で通りかかった海岸を見て、思わず前のめりになった。

「あいつらだ！」

もちろん、警察官に肩をおさえられた。でもフィリップは悲鳴を止めなかった。

「あいつらだ、あいつらだーッ！」

若い男もアカネも、与太郎も徳丸社長も、南部旅館のお嬢さんも、石白川海岸を右へ横切り、釜の下海岸へ向かって歩いていたので、パトカーが通り過ぎたのに気がつかなかった。

釜の下海岸はこぢんまりとした、愛らしい海岸だった。広い階段を降りると、粒《つぶ》の粗い白砂に、ほんのりと足が取られた。

浜を囲む岩山には、野生の松が繁っている。その松のいろんなところから、うぐいすの鳴き声が聞こえる。若い男が思わず呟いた通り、今しがた到着した五人のほか、人の姿はどこにもなかった。

（なんか、ヘンな気持ち……）

アカネは思った。それは、ついさっきまで予想もしてなかった気持ちだった。でもどんな気持ちなのか、アカネには自分に向かっても、うまくいえなかった。

「おじいちゃんの観音様は、あそこです」

与太郎が海岸の右側で水平線をさえぎっている、大きな岩山を指した。

「あそこに、大きな松の木が倒れて、逆さになっているでしょう？　あの下です」

与太郎を先頭に、一行は返事もしないで、その方へ歩いていった。

夕焼けが始まりかけていた。風が温かかった。海のさざ波と、風とうぐいす、それに砂浜を歩く静かな足音のほかには、何も聞こえなかった。

アカネと並んで歩いていた若い男が、ぽつりと口を開いた。

「今日いちんち、あっち行ったりこっち行ったり、いろんなことしてきたけど」

若い男は海を見ていた。

「あげくの果てに、楽園に着いちゃったみたいだ」

ああ、それだ。アカネは思った。本当にそうだ。そんな気分だ。

足元が悪くなってきた。何かの跡《あと》みたいな、丸い水溜《みずたま》りがあちこちに現れ、その周囲も硬《かた》い岩だった。与太郎は慣れた足取りで、水溜りをひょいひょいとかわしながら先へ進んでいく。ついていくのはけっこう大変だった。

岩山は無数の草花で覆われていた。アジサイはもう咲いていなかったけれど、浜百合はところどころで小さく薄紫の花を広げていた。

岩山は近づいていくにつれて、姿を大らかにしていくようだった。それは静かに荒々しかった。みんなが歩いている場所から十五メートルくらい上、松が生い茂っている。そこから一本、どんな強い風にあおられたのか、根元からへし折れた松が、今にも浜へ落ちそうな格好で、さかさまに松葉をこちらへ向けていた。その真下には、大昔の人が切り崩して作ったらしい、奥行きのない横穴がある。その横穴の中央に、雑草と浜百合に囲まれて、白い観音様が小さく合掌《がっしょう》していた。

綺麗な観音像とはとてもいえなかった。右目と左目の位置はずれているし、頭はとんがりすぎていた。首から下は、合掌している手のほかは、ただ円錐《えんすい》形に削《けず》ってあるだけだった。

若い男は、その不出来な観音様を見て、ようやく判った。あのじいさんが、どうして渋谷でモヤイ像を飽かず眺めていたのか。その観音様は、モヤイ像と同じ石でできていた。

「コーガ」という、じいさんが呟いた石の名前を、彼はもう忘れていたけれど。

「これです」与太郎がこともなげにいった。「ちょっと、ずらしてみましょうか」

誰の返事も聞かずに観音様へ一歩踏み出した与太郎に、若い男がいった。

「よそう」

アカネが若い男を睨んだ。

「やめとこうぜ」睨まれたって、若い男は平気だった。「そんなこと、するもんじゃねえや」

「なんでよ！」アカネはつっかかった。「さんざ苦労してこんなとこまで来て、今さら何いってんの？　雰囲気に呑まれてるんじゃないっつーの。それとも何。あんたまさか、これ動かしたらバチがあたるとか、そんなこと思ってるわけ？」

「そんなんじゃねえや」若い男は不機嫌そうにいった。「これはお前、与太郎の母さんの墓なんだぞ」

「お墓ではありませんよ」与太郎がにこやかに答えた。「お墓は向こうのお寺にあります。これは動かしても、何でもない観音様です」

「じゃ、いいじゃん」

そういってアカネは、与太郎と一緒に観音様に近づき、首のところに手をかけた。

「やめろ！」

若い男はアカネの肩を摑んでひっぱった。力を加減する余裕がなかったらしく、アカネは後ろに倒れて雑草の中に尻餅をついた。

「痛い！」アカネは叫んだ。「何すんだよ、このDV男！」

「お前、親はいるのか」

若い男は真っ赤な顔をしながら、静かにいった。

「いるよ」アカネは気圧されて答えた。「いるに決まってんじゃん」

「決まってねえ」若い男はいった。「いるに決まってるなんて思ってると、後悔するぞ」

若い男が伸ばしてきた手を、アカネは無視して自分で起き上がった。

「お気持ちは、なんというか、貴《とうと》いことと思います」徳丸社長が口を開いた。「しかしそもそも、この下にあるものを与太郎君にあげると、おっしゃったのは先生ご自身だったのでしょう？　実際には、あなたにいわれたわけだが……。それなら、少なくとも与太郎君は、そこにあるものを手に入れることが、なんというか、許されているのではないでしょうか？」

若い男にはもう、何も答えられなかった。みんなも、ただ呆然と立ち尽くしていた。

……たった一人、与太郎を除いては。

与太郎はみんながけっこう深刻に話をしているあいだも、一人でどんどん観音様をずらし、その下の雑草や枯葉をどかしていた。

「なんか、穴があいてます」

与太郎の声に、みんな思わず顔を寄せていった。

「なんか、ありますす」

与太郎はさして大きくない観音様を、二、三十センチばかりずらしていた。するとその下に、縦に細長い、直径十五センチくらいの綺麗な穴があいているのが見えた。岩山に隠れているとはいえ、波打ち際の固い岩盤に、どうやってこんなにすっきり丸い穴があけられたのか、誰にも判らなかった。しかもその穴の内部は見事に乾いていて、奥は暗くて見えなかったけれど、海水は一滴も染みこんでいなかったようだ。なぜなら与太郎がその穴から引っ張りあげた、細長い油紙の包みは、たった今そこに置いたように乾いていたんだから。

「重いです」

与太郎はそういって包みをすっかり外に出し、みんなの前に見せた。

アカネの喉がごくっと鳴る音が聞こえた。残りのみんなは黙って包みを見つめていた。

与太郎は別になんの躊躇もなく、がさがさと包みを開いた。

「……え……？」

といったのが誰か、誰にも判らなかった。

包みの中にあったのは、黒光りした、一本の竹ボウキだった。

「なんーじゃ、コレ！」

アカネがいった。

「ホウキです」与太郎がいうと、

「ホウキは判ってる！」アカネは叫んだ。「こんなもん、うちの近所のスーパーで、七百《しっちゃく》円《えん》か八百円《はっちゃくえん》で売ってる！」

徳丸社長は与太郎からその竹ボウキを受け取り、ためつすがめつしてみたけれど、首をひねるばかりだった。若い男は一応、油紙に何か説明書でもついてやしないかと探してみた。なんにも書いてなかった。

「シャレんなんない、こんなの、マジで！」アカネは地団太を踏んだ。「ここに来るまで、どんだけ苦労したと思ってんの？　フライパンで殴られたんだよ？　牛にも突き飛ばされたし！　だいたい、ここって一体どこ？　日本のどこらへん？」

「しょーがねーや」若い男はいった。「あのじいさん、やっぱり、ちーとばかしボケてたんだよ」

「あのくそジジイ！」アカネはそういってから、ちらっと与太郎を見たけれど、与太郎は社長の持っている竹ボウキから目を離さないでいた。どっちにしても、アカネの腹立ちはおさまらなかった。「あんな口からデマカセのインチキにだまされて、こんなところまで来ちゃったよ！　どーすんのあたし。どうやって帰れっての？」

「連絡船は、もうありません」社長はいった。「新島まででしたら、あるいは誰か船を出してくれる人を探すことはできるかもしれませんが、そこから先となると……」

「泊まり？」アカネは目を丸くした。「こんなところで、一泊しなきゃなんないの、あたし？」

「しょーがねー」

「しょーがねーしかいえないのか、アンタは！」アカネはそういうと、キーッ！　と叫んで、若い男の胸を腹立ち紛れにゲンコで殴った。「あんたのせいだ！」

「そうだっけ？」若い男は笑いながらいった。さっきアカネを突き飛ばしてから、ずっといい気分じゃなかったのが、殴られて少し楽になったのだ。「まあいいや。そういうことにしとけ」

「泊まるとこも、なんもないよ」アカネはベソをかき始めた。「お金だってないし」

「僕の家に泊まってください」与太郎がいった。「小さい家で、部屋もひとつしかありませんけど」

「やだ。そんなとこ泊まるの！」アカネがワガママをいうと、

「じゃ、南部旅館に泊めてもらいましょう」徳丸社長がいった。「料金は私が持ちます。帰りの旅費も出しましょう。どうですか、南部旅館に空きはありますか」

南部さんはにこやかに頷いた。

「よし」若い男はぐっと肩を開いた。「そうと決まれば、今夜は呑もうじゃないか」

「あんたなんかと呑みたくない！」アカネは口をとんがらせていった。「暴力ふるったくせに！」

そしてアカネは、砂浜からライトバンの停めてある場所をめざして歩き始めた。

「俺が悪かった」若い男は後を追いかけながら、素直にいった。「ごめんな。痛かったか？」

「お尻の骨が折れた！」

「お前だってさっき、俺のこと殴ったじゃないか」

「女はいいんだ」

「そうかもしれねえけどよ」若い男は苦笑した。「とにかく、お前みたいな可愛い女を突き飛ばすなんて、最低の男がやることった。すまない」

南部さんと社長も、二人の後から歩いてきた。

海いっぱい、空いっぱいに、夕焼けが広がっていた。

「だからさ、仲直りに一杯」

「ふん」アカネは若い男をちらっとだけ見た。「名前も知らない男となんか、呑めるかっての」

「名前？」若い男は驚いたような顔をしてみせた。「お前、いちんち付き合って、まだ俺の名前知らないのか」

「知りたいって意味じゃないけどね」

「だけど考えてみりゃ、俺だってお前の名前、知らねえや」

「アカネ」アカネはぶっきらぼうにいった。

「俺はな」若い男はいった。「ヨジロウってんだ」

石白川海岸の広い階段を上りきると、若い男、ヨジロウは海に振り返った。それにつられたように、アカネも南部さんも、徳丸社長も振り返って、オレンジ色の景色を見た。

「俺だって、金が手に入ったらいいだろうなあとは思ったさ」ヨジロウは、誰にいうともなく呟いた。「ヌれ手にアワの大金て奴がなあ」

「アワは、しょせんアワですよ」徳丸社長はいった。「どっちにしたってね。私も身に覚えがあります。誰でもあるでしょう」

「その話をとっくり聞きながら、ビールでも飲むか」

「男って、何かっつーと酒、酒、酒なんだから」アカネはあきれたようにいった。「いっとくけど、あんたのオゴリだからね。一文無し！」

「おっしゃ、まかせとけ！」

ヨジロウの無責任で景気のいい声に、思わず苦笑したアカネの携帯が、場違いにぴょろぴょろと鳴った。

「もしもし……？　ああ、ヨッチィ……。え？　よく聞こえない……。今、何？　……調布？　調布にいるのヨッチィ……。へーえ……」

ヨジロウが明るい顔で見つめているのに、アカネは気がついていた。

「じゃあ、ずっと調布にいてよ」アカネはヨッチィにいった。「あたしは、当分帰らないから。……『あちし』なんていわないよ。あたしはもう『あたし』だよ……。え？　今？

……今あたしはね」

アカネは電話に耳を当てたまま、ヨジロウを見た。

「今あたしは、楽園にいるよ」

そういうとアカネは、ぷちっと携帯を切った。

「与太郎君！」徳丸社長が、大声で叫んだ。「行こう！」

与太郎はまだ観音様のところで、両手に持ったホウキを見つめていた。

「しかし」社長は呟いた。「どうもあれは、普通の竹ボウキではありませんね。だいいち、竹じゃありませんでしたよ。何かの合金のようでしたが」

「おーい、与太郎！」ヨジロウも叫んだ。「呑みに行くぞう－！」

与太郎はホウキを見ていた。

ホウキを見ている与太郎を、ヨジロウもアカネも、社長も南部さんも遠くから見ていた。

海風が吹いた。

与太郎はふっと、水平に持っていたホウキを立てると、それにまたがった。

ホウキにまたがった与太郎は、片足で地面を蹴り上げたように見えた。そしてその勢いで、
ふわっ
空に浮かんだ。

「ん？」

与太郎はホウキにまたがって空を飛んでいた。

初めはしがみつくように覚束《おぼつか》なく、ゆらゆらとしていたけれど、すぐに柄を上空に向け、岩山の松林へ、カーブしてこちら側へ、またカーブして海へ、自在に飛び始めた。

「みなさーん」

ライトバンのはるか上あたりまで飛んできて、与太郎はいった。

「楽しいですよーお」

だーれも返事ができなかった。ただ一様にあんぐりと口をあけて、その様子を眺めていた。

与太郎は心底面白そうに笑っていた。

「皆さんいってらっしゃい。僕はお酒は苦手ですから、代わりにちょっと行ってきます」

「どこへ……」徳丸社長が真上を見上げながら、からからに乾いた声でいった。「行くって、どこへ行くんだ……？」

「おじいちゃんのところです」

与太郎はそういうと、ホウキの柄を北へ向けた。

「それじゃあ、みなさん、また明日！」

元気よくそういうと、与太郎はそのまま、ホウキに乗ってまっすぐに飛んでいった。

少し離れた式根島港では、今まさにボートに乗せられようとしていたグレースとフィリップ、それに何十人もの警察官と島民が、夕日のシルエットになって飛んでいく与太郎を見た。

新島港では、やはり警察官に囲まれて事情聴取を受けていた剣菱と、ようやく頭を冷やしたボロボロサラリーマンが、同じ姿を見た。牛は与太郎に向かって、ンモーォ！　と吼《ほ》えた。

「みなさーん」与太郎はすべての人に、上空から手を振った。

「気持ちいいですよーお」

じいさんの寝ている病院まで、四十分かからなかった。

＊　　＊　　＊

これは全部、人から聞いた話だ。

今でも、金のことで人を恨んだり、うらやんだり、金儲けをたくらんだりしている人が、ふと空を見上げると、ホウキに乗った与太郎が、いつでも楽しそうに飛んでいるのが、見えるんだそうである。

（おわり）

（この作品『ヌれ手にアワ』は平成二十二年七月、
小社より四六判で刊行されたものです）

ヌれ手にアワ

一〇〇字書評

切り取り線

購買動機（新聞、雑誌名を記入するか、あるいは○をつけてください）

□（　　　　　　　　）の広告を見て	
□（　　　　　　　　）の書評を見て	
□ 知人のすすめで	□ タイトルに惹かれて
□ カバーが良かったから	□ 内容が面白そうだから
□ 好きな作家だから	□ 好きな分野の本だから

・最近、最も感銘を受けた作品名をお書き下さい

・あなたのお好きな作家名をお書き下さい

・その他、ご要望がありましたらお書き下さい

住所	〒				
氏名		職業		年齢	
Eメール	※携帯には配信できません	新刊情報等のメール配信を 希望する・しない			

この本の感想を、編集部までお寄せいただけたらありがたく存じます。今後の企画の参考にさせていただきます。Eメールでも結構です。

いただいた「一〇〇字書評」は、新聞・雑誌等に紹介させていただくことがあります。その場合はお礼として特製図書カードを差し上げます。

前ページの原稿用紙に書評をお書きの上、切り取り、左記までお送り下さい。宛先の住所は不要です。

なお、ご記入いただいたお名前、ご住所等は、書評紹介の事前了解、謝礼のお届けのためだけに利用し、そのほかの目的のために利用することはありません。

〒一〇一 - 八七〇一
祥伝社文庫編集長 坂口芳和
電話 〇三（三二六五）二〇八〇

祥伝社ホームページの「ブックレビュー」からも、書き込めます。
http://www.shodensha.co.jp/bookreview/

祥伝社文庫

ヌれ手にアワ

平成25年6月20日　初版第1刷発行

著　者　藤谷治《ふじたにおさむ》

発行者　竹内和芳

発行所　祥伝社《しょうでんしゃ》
東京都千代田区神田神保町3-3
〒101-8701
電話　03（3265）2081（販売部）
電話　03（3265）2080（編集部）
電話　03（3265）3622（業務部）
http://www.shodensha.co.jp/

印刷所　図書印刷
製本所　図書印刷
カバーフォーマットデザイン　芥陽子

 ISBN978-4-396-33846-6 C0193

祥伝社文庫の好評既刊

藤谷 治 いなかのせんきょ

人は足りない金もない。ないない尽くしの村議・清春が打って出た、一世一代の大勝負の行方や如何に⁉

藤谷 治 マリッジ：インポッシブル

二十九歳、働く女子が体当たりで婚活に挑む！ 全ての独身女子に捧ぐ、痛快ウエディング・コメディ。

原 宏一 床下仙人

注目の異才が現代ニッポンを風刺とユーモアを交えて看破する、〝とんでも新奇想〟小説。

原 宏一 天下り酒場

書店員さんが火をつけた『床下仙人』でブレイクした著者が放つ、現代日本風刺小説！

原 宏一 ダイナマイト・ツアーズ

自堕落夫婦の悠々自適生活が急転直下、借金まみれに！ 奇才・原宏一が放つはちゃめちゃ夫婦のアメリカ逃避行。

原 宏一 東京箱庭鉄道

28歳、技術ナシ、知識ナシ。いまだ自分探し中。そんな〝おれ〟が鉄道を敷く⁉ 夢の一大プロジェクト！

祥伝社文庫の好評既刊

伊坂幸太郎　陽気なギャングが地球を回す

史上最強の天才強盗四人組大奮戦！映画化されたロマンチック・エンターテインメント原作。

伊坂幸太郎　陽気なギャングの日常と襲撃

天才強盗四人組が巻き込まれた四つの奇妙な事件。知的で小粋で贅沢な軽快サスペンス第二弾！

森見登美彦　新釈　走れメロス　他四篇

誰もが一度は読んでいる名篇を、大人気著者が全く新しく生まれかわらせた！　日本一愉快な短編集。

平　安寿子　こっちへお入り

三十三歳、ちょっと荒んだ独身ＯＬの江利は素人落語にハマってしまった。遅れてやってきた青春の落語成長物語。

三羽省吾　公園で逢いましょう。

年齢も性格も全く違う五人のママ。公園に集まる彼女らの秘めた過去が、日常の中でふと蘇る――。感動の連作小説。

五十嵐貴久　Ｆｏｒ　Ｙｏｕ

叔母が遺した日記帳から浮かび上がる三〇年前の真実――叔母が生涯を懸けた恋とは？

祥伝社文庫の好評既刊

朝倉かすみ
玩具《おもちゃ》の言い分
こんな女になるはずじゃなかった⁉ ややこしくて臆病なアラフォーたちを赤裸々に描いた傑作!

飛鳥井千砂
君は素知らぬ顔で
気分屋の彼に言い返せない由紀江。徐々に彼の態度はエスカレートし……。心のささくれを描く傑作六編。

井上荒野
もう二度と食べたくないあまいもの
男と女の関係は静かにかたちを変えていく。人を愛することの切なさとその愛情の儚さを描く傑作十編。

加藤千恵
映画じゃない日々
一編の映画を通して、戸惑い、嫉妬、希望…不器用に揺れ動く、それぞれの感情を綴った8つの切ない物語。

瀬尾まいこ
見えない誰かと
人見知りが激しかった筆者。その性格が、出会いによってどう変わったか。よろこびを綴った初エッセイ!

豊島ミホ
夏が僕を抱く
綿矢りさ絶賛! それぞれの思い出の中にある、大事な時間と相手。淡くせつない、幼なじみとの恋を描く。

祥伝社文庫　今月の新刊

新堂冬樹　**帝王星**
夜の歌舞伎町を征するのは!? キャバクラ三部作完全決着。

小路幸也　**さくらの丘で**
亡き祖母が遺した西洋館。孫娘に託した思いとは？

藤谷　治　**ヌれ手にアワ**
渋谷で偶然耳にしたお宝話に、なんでもアリの争奪戦が勃発！

南　英男　**密告者**　雇われ刑事
スクープへの報復か!?　敏腕記者殺害の裏を暴け。

梓林太郎　**紀の川殺人事件**
白昼の死角に消えた美女を追い、茶屋が奈良～和歌山を奔る。

草凪　優 他　**秘本　緋の章**
熱く、火照る……。溢れ出るエロス。至高のアンソロジー。

橘　真児　**人妻同級生**
「ね、今夜だけ、わたしを……」八年ぶりの故郷、狂おしい夜。

富樫倫太郎　**たそがれの町**　市太郎人情控
仇と暮らすことになった若侍。彼は、いかなる道を選ぶのか。

仁木英之　**くるすの残光**
これぞ平成「風太郎」忍法帖！痛快時代活劇、ここに開幕。

本間之英　**おくり櫛《ぐし》**
元旗本にして剣客職人・新次郎が、徳川宗家vs.甲府徳川の暗闘を斬る。

荒崎一海　霞幻十郎無常剣　**烟月《えんげつ》凄愴《せいそう》**
名君の血を引く若き剣客が、奉行の〝右腕〟として闇に挑む！